希望芭樂園

黃素華 著

推薦序：遼闊的心境
——讀黃素華散文集《希望芭樂園》

莫渝

一九八〇年代初登場的文青，四十年後，決定集錄近百篇散文，取書名《希望芭樂園》，宣示出版第一本文學書。儘管網路文學臉書文章充斥的E世代，紙本書刊的閱讀，仍有其相當的溫度與吸引力。《希望芭樂園》文集分三輯：輯一「家，繫情所在」、輯二「人海，練心所在」、輯三「書自然，遼闊所在」。人類（或許包含其他哺乳類動物）成長認知的歷程，通常以自我的家人家庭為圓心點，逐漸向外圍的家族社區鄉里學校社會等大環境擴張拓展。作者很清楚地道出她書寫的內容：家（家人、家庭）、人海（人際、社會）、大自然三個主軸，似乎也依循同樣認知過程編排。不過，本書不是企畫寫作，顯然不依三軸線目錄順序逐一完稿。

先從書末的〈自跋——平溪，細水長流〉閱讀起。這篇〈平溪，細水長流〉文字約一千五百字，算是作者個人小史，簡略談及她的家鄉、家庭、求學歷程、大學畢業後的職場就業異動、最後提及本書付印出版。素華她來自北台灣煤礦場的山村平溪。父親出入礦坑，在她求學階段因礦災殉職，由母親撐擔家務，辛苦地讓子女順利完成學業。她在大學時已嶄露頭角（或許有更早語文素養的薰育），得了「幾次的校內文學獎」。畢業後，先在出版社工作，取得教師資歷後進入國小任教。也因此，在《小鹿》兒童文學雜誌活動場合最初認識她時，給我的印象：她是童話作者。該文末敘及「在五十多年的歲月中，襍集了許許多多的悲歡離合」，這部文集就是她記錄的現實生活故事。大體上，「悲歡離合」較偏重於前兩輯的文章。這篇〈平溪，細水長流〉屬晚近文筆，當然迥異文青時單薄單純的記敘。重閱首段：「聽過平溪嗎？平溪的清音總讓人嚮往起海洋的浩瀚，於是我便把自己想像成一條山居的涓流，跋山激石，盼望終有會晤大海的時日。於是我成了一個擺盪者，在山與海之間流浪，以一種來自鄉野的悲涼、敏感及質樸的性格，在海藍的凝眸裡，形成了如右外野手那股孤獨浪漫的氣息」，這段文字的鋪陳，已經不是平實地敘述家鄉「平溪」的點滴，而是作者多重歷練後成熟思維見識的筆力。「清音」、溪流河海的「擺盪者」等的表露，想必作者也相當字斟句酌，自我要求後的肯定用語。「右外野手那股孤獨浪漫的氣息」[1]也見證某些同類文青的心靈感應。

接著，瀏覽做為書名的〈希望芭樂園〉。全文由三個片段組合：餐桌上盛滿貧困窘狀、

1 轉衍楊牧〈右外野的浪漫主義者〉，收進楊牧著洪範版《葉珊散文集》自序標題。

偷採芭樂大人齊聲教訓、親情解套在家有幸福假期。先敘小時候家裡物質缺乏的清貧狀況，分別位子用餐的窘窮亦帶童趣；續談因偷採芭樂挨罵導致父親動手整地拓荒闢出「芭樂園」的辛苦和喜樂；末節，有了「芭樂園」，不僅跟父親互動增加，連遠方親戚朋友孩子的同學都靠近，形塑了童年遊樂場。有歡也有哀，一場礦災父親罹難往生，家庭變化，親朋避開，歡樂的芭樂園荒蕪「拋荒了」。當作書名，這篇散文或許是作者的首愛，傳達對家人的摯情，以及保存童年長遠的記憶。

再來，讀〈林蔭中的歸路〉。其實，這篇是我接觸素華散文的首篇。當她將文稿八十幾篇分三個電子檔mail給我。天啊！八十幾個檔案如何一一打開？我先瀏覽標題，隨意相中〈林蔭中的歸路〉，順手點讀。文末標記「原文得到一九八三年成功大學鳳凰樹文學獎散文組佳作」。此姝竟然是「鳳凰樹文學獎」得主，不容小覷！每個人都在說話，用散文說話。每個人都在寫字，寫散文。散文書寫的最初共通性，就是從童年，從家人，從家鄉開始。法國文論家羅蘭•巴特（Roland Barthes,1915~1980）從巴黎眺望家鄉，細膩描述日光移動而寫的散文〈西南方之光〉，結尾說：「畢竟，只有童年才有家鄉。」[2]。遠離家鄉，鄉愁油然而生，而且是一再地追記童年家鄉。〈林蔭中的歸路〉是素華散文寫作的起始點（或許尚有

---

[2] 莫渝譯：〈西南方之光〉，收進莫渝譯《偶發事件》（羅蘭•巴特著），2004，頁12。

數篇？），從北台灣的山村平溪到南台灣古城台南成功大學讀書。免不了鄉愁，發之為文，想家想家人家鄉。〈林蔭中的歸路〉就是歸向童年的記憶。學者蔡淑惠說：「童年是生命階段的第一道階梯，是我們記憶最原始的家屋；童年是記憶深藏的暗櫃，一段遙遠的微風往事。」[3]。微風往事，暗櫃的記憶，都從離鄉背井的鄉愁開始，家鄉的印象，家人的思念，如潮水不歇地沖擊，不得不成為文字的書寫，成為一座座記憶的碑林。童年，家鄉，鄉愁，三位一體的散文書寫的原點。順此，輯一的十七篇主軸「家，繫情所在」，牽繫家人家庭家鄉的當然是「親情」。〈姨仔背上的月娘〉、〈二哥〉、〈希望芭樂園〉、〈兩床蠶絲被〉、〈香皂救了我家〉、〈回家看秋芒〉、〈與竹為伍的童年〉、〈一個便當兩個大〉、〈不確定的生日〉等都是重現童年場景，回到「靈魂喜愛的私密劇場」[4]。

輯二，題詞「人海，練心所在」。練心，人際交往互動，顯示個人的修身養性的行為與行動。篇章多，計三十八篇，篇幅小，算小品，「浮世繪」般的敘述小品文，每篇大都一件事一個人的小主題，與學生教室外互動的有〈老師的鬧鐘也壞了〉、〈共我傾聽花落聲〉等。青春情戀情繭解迷的〈心托的那輪明月〉、〈遐思〉等。利用人性善良行騙卻為了〈保

---

[3] 蔡淑惠：〈童年、記憶、事件隱像形轉：幾米的失樂園〉論述前言，收進《童年・記憶・想像》，2012，頁132。

[4] 同註3。

留美好〉等。人物寫真兼勵志小品較多，有〈女強人的兩難〉、〈來不及道謝〉、〈心目中永遠的班長〉、〈許他燦燦千陽〉、〈煎出人間溫度〉、〈記憶，沙沙迴響〉、〈紫色風鈴「想」不停〉、〈用愛心牧養溫馨〉等文。〈同學會不會〉乙作是一篇標題幽默多義的回憶散文。看似以「同學會」為觸媒，主要回顧幾段個人小情史，青春不留白的模糊曖昧的情戀告白。情感的波濤原本暗潮洶湧，若干年後的敘述，顯得平淡簡約。作者轉回主題：「同學會，索性，不會了吧！」輕輕一筆收了尾。

輯三有三十篇「書自然，遼闊所在」。〈傾聽遼闊〉一文原以為跟輯題相關，內容卻是教學與孩子互動，聽孩子心聲，回應更多更廣博遼闊。比較貼近輯二的部分篇章。「遼闊」一詞，倒是很搭配輯三的「書自然」，是作者尋幽訪勝的記錄，走向大自然，走向遠方的異地。她說：「旅行一定有比看了什麼或是踏遍多少國家更深刻動人的領略。我往往捨近求遠、舟車勞頓地尋訪名勝古蹟，卻忽略身邊接地氣的故鄉風貌」（〈鍾靈毓秀九九峰〉），因而，她到處踏查（〈雙溪行、九九峰、紅磚小巷、台東風景、富源社區、大甲溪生態、苑裡蔡家古厝〉，走古道（〈打鐵寮古道、瑞井步道、九寮溪步道〉。到中國旅遊〈都江堰歸來〉。早期稱為遠足、徒步旅行、踏查，現在較流行「漫遊」（漫遊、漫行、彳亍等），台語：迌𨑨、shit-thô又：thit-thô。都是一種適性的散步散心步行。作者在〈步行，一種詩意流動〉和〈散步在有情荒野〉兩篇即傳達此心態。哲學教授葛霍說：「我們在走路的過程中發現星空的遼闊」[5]。遼闊的，不只星空。總之，在遼闊的大自然，素華她想「發現美，」因為這「是一種心靈的能力。它，足以在關鍵時刻，支撐起每個人的生命。」（〈鍾靈毓秀九九峰〉），由此體會她的旅遊心情與心境。

本輯另有兩篇讀書筆記：〈追憶搖花樂與愁——讀《琦君自選集》有感〉和〈赫曼•赫塞《流浪者之歌》中之成長與抒情〉。身為中文系的文青與學校教師，記錄讀書心得是不能少的功課，或許應該有更多的作業。

我個人最感興趣的是〈我願是三月的山裡〉乙文。這一篇展露了素華對花卉鳥禽的熟稔認知。「三月的山裡」究竟有什麼情況？素華先引錄蔣勳的杜鵑花，轉入杉林溪的「杜鵑林」，隨後在「幽暗多溼的落葉層裡，冒出晶瑩潔白的身影」，提到「水晶蘭」這植物。接著，陸續介紹：穗花蛇菰、藪鳥、冠羽畫眉、白耳畫眉……，馬上墜入歷史空間。回到現實，聽到莫氏樹蛙、斯文豪氏赤蛙的叫聲及多種鳥鳴，鉛色水鶇、紫嘯鶇的天籟，以及牡丹。芍藥、花團錦繡的繡球花，臺灣蝴蝶戲珠花、曲莖馬蘭、成排柳杉……等。三月的山裡不僅「眼前的幽靜與空靈」，還蘊藏如此豐富的生靈！而且如數家珍地娓娓道說。能不感佩她的博聞多知嗎？其實，我驚訝她對「水晶蘭」的介紹或偏愛（？）。跟網路一樣，素華說：

---

[5] 徐麗松譯《走路，也是一種哲學》（斐德利克•葛霍）著，2015，頁9。

被稱為「死亡之花」、「幽靈草」。講明就是「冥界之花」。冥界之花，地獄之花如何出現人世間？當然是水晶蘭的生態特性引發的想像。西方的地獄之花asphodle阿福花。一九八〇年代初，我翻譯唯美作家彼埃・魯易（Pierre Louys,1870~1925）《比利提斯之歌》書末第一百五十八篇〈最後墓誌銘〉有這樣一句：「此刻，在阿福花的蒼白草原上，我，看不到的陰魂漫步著，陽間生命的回憶是我陰間生命的喜悅。」當時沒有網路，藉由法文百科辭典查得相關資料，才首次知曉陰間植物阿福花asphodle，古希臘人用它來象徵死亡與哀悼。哲學教授詩人楊風常在悼亡詩裡用「彼岸花」稱之。一回，我給他一首輕體詩（小詩）：「奈何橋畔／盛開著火紅彼岸花／黃泉路上／遍開蒼白阿福花」（2023.02.28）他頗感驚喜。（這有點離題了）。

素華在中文系薰陶，自有中國古典詩文學的訓練與賞讀，〈回家看秋芒〉乙作的起筆：「碧空如洗倚山窗，黃欒一帶抱風廊；白雲騰空思鄉情，芒花遍野喚遠人。」七言絕句的詞韻意境毫不含糊。〈把秋意請回家〉乙文則引錄陶淵明詩句，雖然本文與童年家鄉無關，只是喜歡秋天秋意。類此顯露作者在中文系浸淫的成績。家人中，作者多篇多處談及雙親外，二哥「只大我兩歲多」，卻手足情深，單篇表彰。〈二哥〉乙文結尾，在軍旅書信上大學小妹的文詞：「琴劍雖漂泊，但願你能優游自在，勿太憂而斲傷琴棋；勿太苦而失去希望……」看似黃家兄妹的書香頗濃。輯三也有多篇引錄山水古詩搭配遊山玩水的情境，不便多述。

青春少年遊出書冀求成名趁早。晚娛也能成大器。無論如何，任何文字書寫，文思成篇發表是一樂，集篇出書也一樂。我們珍惜任何文字成篇成書的樣貌。大家都在學習中。跟素華見過幾次面，晤談不多，感謝她的信託，為其第一本散文集聊表以上數語。從小我的「家」到「大自然」。來自小山村，經歷磨練及自我學習，展現的才華擁有海洋的遼闊。期盼往後的歲月，她能更勤快地筆耕，有更豐碩的成果。

二〇二三年六月八日

參考書目

1.黃素華散文集《希望芭樂園》電子檔。

2.楊牧著：《葉珊散文集》，台北市：洪範，1977年5月初版一刷。

3.莫渝譯：《偶發事件》，羅蘭•巴特（RolandBarthes）著，台北縣：桂冠，2004年5月初版一刷。

4.蔡淑惠、劉鳳芯主編：《童年・記憶・想像：在生命無限綿延之間》，台北市：書林，2012年5月。

5.徐麗松譯：《走路，也是一種哲學》，斐德利克・葛霍（Frédéric Gros）著，新北市：八旗文化，2015年8月初版一刷。

目次

輯二　人海，練心所在

輯三　書自然，遼闊所在

輯一

家，繫情所在

一個便當兩個大

我帶便當的歷史等長於尚未離開母親翼護的歲月。記憶裡，一醒來就彷若掉入滿屋氤氳的熱霧裡，廚房早已滿桌飯菜，八個大小不一的便當排隊等著媽媽填裝。媽媽像個畫家，這邊補點綠葉菜、那邊添些褐醬瓜、最後淋上琥珀色的滷肉汁，離山珍海味極遠，卻是溫暖安穩。

直到高二我住宿在外，開始煩惱如何顧腹肚，才深深感嘆有媽媽準備便當是多麼幸福！那個年代沒有營養午餐，高中校內只有家自助餐，常常大排長龍。有時早上來不及在校外唯一的自助餐店裝飯盒，只得匆匆買個麵包，實驗室旁的池畔常是我午餐的去處。有位吳同學識破我的故作風雅，有天拉住我：「你幫我吃點飯啦！你看我媽媽裝這麼多，我哪吃得完啊？」她快手快腳已用便當蓋裝滿了飯菜，推到我桌上了：「先幫我吃啦，麵包等會再吃。」哇，連筷子都準備好了！同窗友人的爸爸是湖南人，手藝頂呱呱！她的便當菜都是我從沒吃過臘肉和香腸，我可是抹著嘴巴、連舌頭都想吞了！從此，她三兩頭就拖了一堆藉口：「我牙齒痛吃不下，拜託幫我吃啦！」、「我昨天去拔牙……」有次竟然連「那天我姐說了個笑話，我笑到下巴都掉了！」的鬼話也拿來當藉口。她卻信誓旦旦：「跟你說真的啦，醫生推回去時還喀擦一聲，痛死了！醫生叫我笑要斯文一點！」我笑她：「人家說笑落下頦，還真有其事呀？」但是同學啊！妳嘴巴不能張太大，妳便當何必裝到兩個大啊？

原載二〇一八年三月《聯合報繽紛版》

姨仔背上的月娘

那半年學校特地為我們開辦晚自習，我開始跟月娘結緣。

通常我會坐最後一班公車，車站到我家，還得走過一處傳說女主人帶著兩個稚兒自殺而廢棄的房舍，一段漫長且陰森森的竹林，以及偶會有牛放養的荒煙漫草的溪畔、田埂，最後還要爬上約六十度的陡坡。不時迎面而來的綠爍磷光、貓頭鷹嗚……嗚……好似巫婆如影隨形的追笑，那種奔竄在黑夜的提心吊膽，至今仍是噩夢常景。

下了公車我總習慣掃視站牌對面的柑仔店，要是看到姨仔的身影，霎時身子輕鬆許多。若巧遇月明，那皓色千里澄輝，煙樹歷歷，不再猙獰，換得一片柔媚。灑在姨仔背上的月光，也曾照過姨仔的童年。「恁細漢彼陣的月娘較光，猶是這陣較光？」「恁嘛憨鴨，月娘盍會變？」望朔圓缺就姨仔的理解那是自然的道理，猶像她童年到現在的生活同樣艱難。縱使心事悠悠，問月，會懂嗎？她為了六個孩子的衣食、學費忙得哪有閒情逸致賞月，倒是一想到命運就怨嘆起老天：「阮細漢時陣阿母就往生，阿爸規年迵天佇咧外口作穡，厝裡攏是大兄大嫂做主，大嫂嫌阮加副碗箸，食穿控制較絚，讀冊免想、作穡免走。」老天爺的耳朵鐵定長了厚厚的繭！

我長繭的耳朵已經被她訓練到裝置了自動控制，只撿愛聽的，例如她說到有次春夏之交的下午，他們被大嫂使喚去深山裡採桂竹筍，沿路摘筍和楊梅，攀山過嶺到最深處，卻被一群魔神仔圍攻。幸好平日野慣了，身手矯捷迅速爬上樹梢，只見魔神仔把樹團團圍住，拚命搖樹幹，張牙舞爪詈詈叫，把他們嚇得禁聲、緊緊抱住樹！小舅舅嚇到噴灑出一泉尿，淋得小矮人滿頭，眾人想笑不敢笑！霧從樹梢掩覆而下，月色稀微滲進，姨仔說她心裡面拜託月娘去通知大兄來救她們，她從葉隙間看見月亮好像孫悟空一樣騰雲駕霧急奔，果然不久她就隱約聽見從遠處間歇傳來的敲金屬聲！救兵到了！他們從樹上看到幾把火光漸漸往上晃亮，他們聽到大兄的呼喚了：「美仔！賢仔！嬌仔、俊仔……」嗅到了人間燈火，彷彿重生般，立即嘩救人：「阿兄，阮佇咧遮啦……」火光和金屬敲擊聲嚇退了小矮人，幾個孩子看見大兄和村人來到樹下才敢溜下樹來，驚魂未定的速速下山！沿途才聽大兄說分明：「暗頭轉去厝看無弟妹，一問才知去深山林內遏桂竹筍，這聲害矣，一定拄著魔神仔啊！趕緊呼村人紮著棍棒、鐮刀、柴鍥、鍋蓋和火把找恁啊，驚恁予魔神仔掠去食囉！」姨仔的童年「驚」歷證實了小矮人傳說的真實性，在我夜歸的路上卻平添了更巨大的驚惶。

畢業後的自習變成一整天，就在七月初的一天晚上，我昏趴在桌上，等同學意識到我不對勁時，我已全身發燙！同學喚來主任緊急將我送往村裡唯一的小診所，並請求自願者趕去通知我的家人。我依稀感覺整個身子軟趴趴的貼在老師的背。習習山風襲人，引擎聲轟隆隆疾馳在闃黑的山間裡。

山谷裡的小診所早已休診，只剩兩位當地的助理護士留守，她們讓我躺在床上冰敷，跟主任說已燒到三十九度了，明天最好去大醫院！主任等到我姨仔和大哥趕來才離去，家人忙不迭地鞠躬道謝，隱約聽到主任跟姨仔說：「恁查某囝仔當咧大漢，嘛欲考試啊，愛予伊食點仔較營養的物仔，若無別項，啉點仔牛奶嘛好！」

我模糊看見跋山涉水而來的姨仔，難為情地低下頭。

那夜，姨仔和大哥輪流揹著我走回家。山路崎嶇起伏，加上我咳嗽不止、喘得無法呼吸，需要時時停歇、攙扶我下來喘氣。我坐在田間小徑的階梯猛喘，姨仔讓我倚著她的膝蓋趴著休息，輕輕撫拍我的背。側臉斜眄，方覺今夕大地鋪上了琉璃光調，田水映月、山與天交界處溶解成灰藍漸層的薄霧光階。姨仔再次揹我上路，我再怎麼瘦弱也是她的負擔，她白天在菇寮、竹林不停翻種搬土，忍受悶溼酷熱，想必也剛餵飽一家大小的嘴巴，一整天下來已累得不成人樣了，還讓我繼續折磨她疲憊的身子……我抹去眼淚，換趴另一側臉，原來碧夜當空，正是一輪圓月啊！

那輪明月隨著姨仔的腳步上上下下跳躍，高華圓潤清涼，銀漢無聲，中天無雲無纖塵，此時必過半夜了吧！月照密林似霰，月光蕩滌了世間萬物的五光十色，將大千世界浸染成夢幻一樣的銀輝色……我的腳又在地面上滑步了，姨仔就用腰力蹭幾下，再把雙手重新交叉撐住我的雙腳，我以為我就要摸到冰清玉潔的月亮了，哪知月亮仍高高俯照。她在我昏迷時升起的嗎？再過幾個小時又要落沉！我附在姨仔的耳畔低啞：「我要下來自己走……」才沒走幾步又喘又咳，虛弱的抬不起步伐。大哥二話不說把我揹起，跨步邁進：「走快點，趕快回家休息吧！」

隔天一大早父母親又揹起我，轉搭幾趟車將我送去省立基隆醫院掛急診。車上已無空位，坐在我站的位置旁的歐里桑，看我病懨懨的，竟然讓位給我，推讓間，爸媽把我按下座位，我不久即沉沉昏睡！爸爸揹我衝進醫院急診室，醫生一邊叫護士幫我掛點滴一邊罵著：「已燒到四十幾度了才來看，併發肺炎是會死人的，知不知道啊！」爸媽又一臉歉疚的向醫生鞠躬！他大概無法想像：我們看一趟醫生，是要耗上整天，還得花上半個月的伙食費？折騰了一天，回到菁桐車站，夜幕低垂，但見玉盤掛樹梢。先是姨仔背我，她的背軟綿如榻，是我安枕無憂的靠山，只要有姨仔在，我就永遠可以是包在竹籜裡的筍，嵌在毬果內的松子。一路上，明月雖高遠卻不棄離，亦步亦趨殷勤相照，田埂竹林成了墨色碑帖，地面流光傾瀉，月裡的嫦娥也會羨慕享有天倫的人間吧！盈滿山河的清輝，攬之不盈手、人攀不可得，月行卻與人相隨。

兩天的高中聯考就在不間斷的咳嗽、忙著擤鼻涕間迷迷糊糊結束了，放榜結果當然不理想。回校拿成績單，校長已聽說我的事，特地過來拍拍我的肩膀：「考上第三志願也好啦，學校離家裡近些！」

每當面臨一試定終身的升學聯考，我的身體和考運總是不願配合，高三下有陣子頭暈眩到腳踩不到地，彷若倒掛在摩天輪，也不知道姨仔是如何知曉？有天放學時她已站在教室走廊，用肩膀架著我到診所，醫生說是貧血，營養不夠。等我打完點滴，一起吃頓自助餐，姨仔幫我夾了塊滷肉和一條魚：「毋通虯儉！身體毋好拍歹！」姨仔買了一袋蘋果，陪我走回租屋處：「我欲緊轉去囉，較暗就沒車囉！」姨仔搖步漸遠，背影在月華下成了一點光圈。

望月，思念起很多往事，被往事穿梭交織在歲月裡的悲歡離合，以及隱藏很深的傷心。多少次奔馳在月色的我，趕赴學校和山谷的家，家裡那一小葩微黃的電火是我最放心的歸處；卻也幾次為了這一小葩電火下貧賤夫妻的「起腳動手」常見戲碼，急奔下山搬救兵，管不了魑魅魍魎，唯一念頭就是：千萬不能讓姨仔被阿爸打死！姨仔生命的堅韌來自我們這群孩子的可憐，我看過多少次她趁著月色搓洗成堆的衣服的背影；我和她在月色下的門埕剝完如山的筍殼、她將筍分秤一斤一斤，我用藤繩穿成一串一串，浸泡在乾淨的山泉水，等待明晨肩挑去市場售賣。低頭、露出後頸項、手不停動著……她用無暝無日的打拼，來填補老天爺對我們六個孩子的不公平。

悲傷，我懷疑是圓月的附身。那夜灑落礦場的月明實在刺眼，姨仔水母般趴在阿爸被燒成焦黑而瑟縮得更乾瘦的身子，呼天搶地！此後單親姨仔背部的線條被生活重擔壓成二十度、二十五度、三十度的弧形，隨年墜彎！我窩在燈影下，姨仔則暴露在風霜夜色裡。

生活的重擔容不得姨仔稍憩，相對於她顯得軟弱的我，總是跟不上行腳匆速的她。歲月流光，山谷的月色卻日益鮮明，回想起在姨仔背後斜上六十度的月娘，或明或晦。藍色夜空剔透，浮雕出暗雲半邊，照過姨仔童年的月娘，如今正照在我這隻憨鴨仔的中年。幾度圓缺又過，唯有什麼是不會改變的？姨仔，答案早已在我心中了！

原文得二〇一九年臺中市葫蘆墩文學獎散文第二名

二十五元的陽春麵

「這麼貴，走走，去別間。」老媽問過陽春麵多少錢後，直搡著我的胳臂往前。即使我說破了嘴：「民國幾年了？翻遍台北市也難找到二十五元的陽春麵啦！」老媽的「凍霜」已醃漬入骨，常為了不到五元的價差也要踏遍整個市場。還容不得你說她愛斤斤計較，她會強烈表達：要不是她「一仙錢拍二十四个結」，怎有辦法拉拔我家六個孩子長大並讀到大學？這話道盡我成長史的辛酸，狠狠堵回我想讓老媽吃頓「不要那麼耗時費事」飯的好意。

好不容易，老媽都活到了孩子個個成家立業，自己身邊也纂了些錢，但每每孩子帶她出遊，仍頻頻追問「旅費多少錢？」「這一桌多少錢？」買件衣服或保健食品給她呢，出口鐵定是「很貴喔？不要亂花錢，東西我有呢！」幾次過後，家人怕聽她碎碎念「人要會存錢喔、要節儉喔⋯⋯」舉凡壓歲錢，出國旅行啦不再備她的份了。她遂低聲問道：「怎麼你們都很少跟我聯絡了？」

我趁機曉以大義：「人家要表達孝心，你不僅潑冷水，還罵人家浪費不知道要存錢。您就大大方方接受孩子的好意，讓我們有盡孝的機會，也可以讓我們多積善業！」老媽似有感悟卻沒有作聲。但漸漸地，孩子邀家人聚餐、替她報名旅遊啦，她竟都欣然答應，也不太問價錢了，倒是聽鄰居說：「你媽很有福氣耶，孩子常常給她紅包、帶她到處玩……」

那次春節前陪她上市場，沒想到買菜速度較從前快，菜色新鮮又不貴。她津津自喜：「你都不知道我以前都是在做功課喔，你們書讀那麼多，其實生活也沒有我懂啦，買東西前要先市場調查，才不會當冤大頭還被人笑傻！」說起社會這本大書，老媽可是讀得徹底。

出了市場，轉角處，我發現老媽沒跟上，轉頭尋去，看她搖晃身子走向躺在路上的老婦人，只聽見鐵盆發出「鏗鏘鈴鐺」幾響……但見老媽準備往我這走，可她又一轉身，又讓鐵盆唱了幾聲歌，面帶歉意的快步離開。抬頭看到我時，嘴上竟然是說：「因為已經沒有二十五元的陽春麵了，再多給她幾塊錢啦！」

原載二〇二一年八月《聯合報家庭版》

林蔭中的歸路

小徑一轉，老街宛然聳立在前，是一如期待的心情，一份踏在故鄉土地的篤定。山村靜寂一片，唯有童年嬉鬧猶在。在陽光照耀下，樹上層層分明的亮度，遞次鮮綠；風拂動的沙沙響聲，似家常話的聒絮不停；彷若聽得了嫩葉蠢蠢生長聲，而喜悅這春甦醒了溫暖山谷的天空依舊如井，踩上長滿青苔，覆蓋厚厚落葉的小路，跟著媽媽上山祭拜。一路野花鋪成絨毯的草蔭，去年，光禿禿的山坡地，現在已五節芒叢生，有的還曳著去歲經霜殘留的芒花，背立著陽光，好不絢爛！一切存在的生命是這樣盎然生氣、秋落春榮，唯獨人的生命，去了就再也回不來，去了就是永遠。腳步愈發慢了，媽媽似乎察覺到！回過頭說：太久沒走山路了，你一定很累，休息一下吧！我先回去打掃打掃一下呵！看著媽媽灰白交雜的頭髮，微晃的身子，肩膀因為提了太重的東西而下垂，把背也壓彎成了弓形，脅下的衣服溼了一片，連擦汗的功夫都沒有。我忙趕了過去，叫聲媽！媽回頭看是我，嘴巴稍微牽動一下，又合起來，頓了一下，緩緩開口：別走那麼急，鍋裡的湯都濺出來了！「媽，我替你擦汗！」將媽媽的鬢髮掠到耳後，心裡停了下來！記得媽以前掛著一副紅白交輝的耳環，幾時沒戴了我竟也說不出來，媽媽眼睛一閃，笑說：「免啦！要到了！」

每次跟媽媽一同回老家，提著的、包著的，又是湯、又是油，一路晃到山上。遇到假日，一家人都跟著回來祭祖，媽媽、哥哥、我和弟妹。盤子聲、鍋子聲、盤子鍋子摩擦碰撞聲、湯水激迴聲，叮叮噹噹地敲響一路的步伐，像小時候花轎迎神隊，熱鬧極了！

媽媽從小到嫁為人婦、到現在，一直在鄉間生活，上了小學不到半年，就沒了母親，只好跟著姨媽放牛、種菜、賣菜、挖筍。這些事，都是偶爾聽媽媽提起的。小時候的冬天，總愛圍著火爐，任北風吹得木格窗嘎嘎作響，在貓頭鷹叫得夜神秘又恐怖，我們幾個小孩蹲坐在小板凳上，聽媽媽說她小時候的事。她跟幾個姨媽和舅舅，到深山去摘桂竹筍時遇到魔神仔，個子矮矮的、全身毛茸茸、張牙舞爪的要抓他們，她們嚇得爬到很高的樹上躲。那群魔神仔就在樹下吼叫，她們就這樣緊緊的抓住樹幹，就怕掉下來……弟弟老愛趴在媽媽的背上，當大家聽得耳朵豎起來了，他忽然驚叫：媽！妳這有白頭髮，我幫妳拔喔！「不行！你怎麼可以拔大人的頭髮？沒禮貌，而且會越拔越多喔！你希望媽媽滿頭白髮啊？」討厭欸！緊張刺激時打岔──大夥兒緊張的問：「接下來你們怎麼辦呢？」「等到天黑了喔！大舅舅工作回來才發現一群弟妹怎都不在家，一問才知去深山了！一想便知，一定是遇到魔神仔啊！就帶了一群村人帶了鏟子、鍋蓋、鋤頭、鐮刀，沿路敲著鍋蓋，叫她們的名字魔神仔怕敲鑼聲、便散去她們才敢溜下樹，每個人全都麻了！」真的有魔神仔喔！現在還有嗎？小腦袋瓜充滿了疑惑和驚悚，一時全噤了口！

爸爸躺在靠窗戶的藤椅上，聽著落地型的老式收音機播放的歌仔戲，突然也望向這邊，定定地看著邊縫衣服、邊說故事的媽媽。

自從爸爸工作意外驟逝後，家裡一鹽一米到家族的禮尚往來，全靠媽媽一人獨撐，大哥在軍中服役，二哥和我出外求學，「長大的都忙著自己的事，小的還得靠我呢！我當然希望你們都能按照你爸爸的意思：讀完書、考公務人員，不然你爸爸一輩子的辛苦就太沒價值了！」每次要幫媽媽做點事，她都拿這推拒。

有次我回家發現全屋子黑漆漆的，媽媽急得很，飯還沒煮，孩子都快回來了！她拿著棍子到處敲，試試是否接觸不良……直到鄰居先生經過，進來看看，過來幫我們修理，屋子的燈全都亮了！媽媽直彎腰、道謝。鄰居走後，她一面走進廚房，一面自語：「家裡少了男人，什麼都不像樣。」我見她眼眶一紅，汗水從兩頰正流了下來！

「吁！草這麼長了，該噴噴藥了！明天去村長那借藥桶子噴噴！」踏入庭院，媽就這麼嘆道。去年造的竹籬笆，已經乾枯頹倒了！籬笆外一排的櫻花長滿了鮮翠的綠葉，花季過了！杜鵑叢中除了幾朵還撐著暮春的尾聲，其餘的零落撒了滿徑的敗花。哥哥睡房前的柚子樹也高過了屋頂，結了不少乾癟的果實。父親種這些樹時，記得我在旁邊幫忙拿樹苗、鏟土、澆水，興奮地像隻初次去採花蜜的蝴蝶。種完後父親揮著汗、擦擦手臉，笑說：「再過幾年，我們就有自己種的水果吃了！」一陣風勁涼的呼過，身子打了個寒顫，然而周遭的樹葉卻更親切地擠在一起，心裡面覺得好像是爸爸在跟我說話。

「姐，你看那粒應該可以吃了吧！」弟弟拿著竹竿正要打。「不准打！那是爸爸種的。」「種，不就是要吃的嗎？為什麼不能打？」弟弟用詢問的眼神，從妹妹的臉移到我的身上，拿一雙受了委屈、眼淚隨時都會掉下來的大眼睛乞求著我，三個人靜默地凝視著。弟弟哭了起來：「為什麼？為什麼爸爸不在了！」「我不知道！」姊弟兩人抱在一起哭著。我轉身、揚首、看著天。淡淡幾朵白雲抹向青山的頂上，描白行遊著。曳在風中的竹枝彎向溪底，時有小鳥從竹叢中一條一條地飛到溪谷，啾啾的叫聲留響空中。「你們碗盤洗好了沒？趕快擺一擺，要拜拜了！」媽媽在廚房喚著。妹妹急忙推開弟弟，替他擦擦臉，自己也抹掉眼淚，拍拍弟弟的肩膀，笑了笑，然後捧起碗盤走進了客廳，朝廚房回：「好了！好了！」

記得聽到爸去世的消息時，我剛返回租屋處，準備開始上隔天學校的寒假課輔。哥哥可能先得知音訊，已跟部隊請假前來找我。一路車上眾人皆為此事議論紛紛。我雖不敢置信，心中既惶恐又禁不住哽咽。車經過舅舅家，三妗在車外喚著大哥的名字說：「叫你媽媽不要太傷心喔！明天一大早我們就會過去。」四舅舅也過來安慰。這件礦坑氣爆已人人皆曉了！他們越說，我越控制不住自己的眼淚。到了事發現場，爸爸已被抬出，安放在遮雨棚內的草蓆上。眼前俱是一具具焦黑、縮得好小的屍體，我再也控制不住了，眼前一黑，咚的一聲，跪下狂哭。「阿爸！阿爸……」號哭呼搶此起彼落。女人家的哭調：「你哪會放我一人先走？喲喔！放下囝仔一堆叫我莫按怎喲？目屎流入深腹內，心酸悲不時，噯唷喂……」劃破深夜的山谷，迴盪又迴盪……弟弟不曉得跪了多久，淚已乾竭，臉色蒼白，身體抖成一團，頭埋得好深好深……妹妹抱著媽媽也在哭……

山區多雨草益長。園中的茶花、桂花、杜鵑、櫻花、木芙蓉太久沒修剪，雜蕪蔓生一片。那年事後，爸爸房間後院的一欉白杜鵑開得好雪亮，敬穆與聖潔地對著房中牆上父親的遺照，一雙家居鞋仍擺在床下。淚光中，若見父親坐在床沿和二哥、小弟下棋。公司送回爸爸的物品，發現有支錶，一分不差地走著。媽說爸爸最疼我了，就把它交給我。弟弟總愛問我幾點了，我就從抽屜裡取出一個精巧的盒子，兩張臉擠在一起，看著秒針一格一格跳動，相視而笑，繼續看了好久。

國中求學階段，我讀的那班常須留下來晚自習，山中天暗得快，一下子靜得像魔山，好像什麼怪物都可能隨時跳出在眼前。我一個人常為了走上那長長的一段山路而恐懼和掙扎。要是爸爸沒有輪晚班，他就會拎著手電筒，到公車站接我。父女的影子倏長忽短的在山路黯淡的光中移動，聽任貓頭鷹嘓嘓嘓叫，才敢抬頭望一下忽而飄浮的鬼火。望著爸爸蹣跚的步伐、瘦癯身子，只讓眼淚在框中打轉。往後的經年累月裡，那個瘦長模樣的影子，若隱若現的浮現在我的記憶裡，而我靠著這樣的感覺，既淒涼又堅毅的度過異鄉的歲月。前年爸爸公司招待去澎湖玩，有人問為何不邀太太同行？爸爸回答：「夫妻最好不要一道出遊，如果發生意外，孩子怎麼辦？」爸爸……我能說什麼？在這麼周全的保護圈內，說任何話都是多餘的了！就是去年春節，我回家過年，初三那天弟妹邀我到林叔叔家的果園摘橘子，和採魚腥草回來餵豬吃。林叔叔是我們家難得能維持長年交情的朋友，但早已搬到宜蘭。偌大的果園就荒成芒草林了！果園離家可是要翻過兩重嶺谷，我們三個孩子一早就揹著袋子悄悄出發，也沒顧慮到箇中的危險，直到午後三點多才回到家。二哥首先看到我們說：「爸爸找不到你們，在生氣了喔！」我們想既已平安回來了，沒就事了！就和大家坐在老樹下吃起橘子，爸爸大約是聽到了我們的聲音，站出籬笆外喊：「還不先來吃飯啊？飯還沒吃就吃橘子！那條路已經多久沒人走了！也不知道有什麼危險還去！」我趕快拉著弟妹去廚房。

媽媽告訴爸爸說，我常感冒，也在轉大人了。當時爸爸只瞄我一眼，也沒說什麼。隔天我便聞到中藥味、酒味，我最不喜歡喝這種辣辣的補藥，每次不是拖拖拉拉，就是偷偷的給妹妹喝，不曾想過這樣一小碗，卻要花爸媽多少的錢和工夫才能熬成的。有時我忘了去廚房盛，爸爸就捧來書房，因怕溢出來，斜著上身、弓腰、一屈一伸的緩慢移動腳，像捧什麼寶貝似的，小心地放在桌上，又輕輕的掩上門出去。

自我上高中後，因課業的關係不能通勤而寄宿在外。爸媽又念著我們會受委屈、也不自由，商量著在中和郊區買了一小間公寓。爸爸放假時就揹著一堆的水果、青菜、豬肉、蛋什麼的來。我念著他們太辛苦了，就勸他們：「這裡離市場很近，到這裡買就好了，何必提得那麼重？還要跟人擠車！」一副嫌惡的嘴臉。爸爸說：「家裡自己的東西既新鮮又衛生，我想你們在外那麼久，一定很想吃些家裡的東西。」「可是提一大堆，好像鄉巴佬，很土耶！」爸爸的臉先是震驚，脹起微紅，沒一會兒就鬆成一臉的愧疚與抱歉的樣子，好像虧欠了我們什麼似的。我無法體諒他們的辛苦，也未曾對家中的一切花過心思，輕忽他們心中的痛苦：他無法供子女可以和人相比的家世和支援，自己也無奈的在宿命下，以生命相搏謀生。每次看到日漸佝僂的背影，和下工回來攤在搖椅微喘、癱瘓似的身子，我都覺得自己是個讓爸爸用生命換取生活的兇手；是個罪人，像是個得了官名地位的人，突然不認那衣衫襤褸的家人。這種罪惡感和愧疚至今仍深藏，一直心痛著。

夕陽把人的影子往後拉長了！供桌上擺著一雙筷子、一碗飯、幾盤菜，都是爸生前愛吃的。不曾向父親表示過任何感謝的言語或舉動，總覺得時間還長著呢！然而誰料的到，父親沒留下半句交代——驟然離世了！常常，我會想到：父親在最後的生死掙扎，生起的念頭是什麼？他有什麼罣礙的事？這個永遠的「不知道」，讓我一直覺得父親是負氣走的！這是我最遺憾，也最不能釋懷的。竟然連父親最後的心思，為人子女的都不清楚！夕暉塗了滿天，老樹兀自頂著彩霞，好幾群歸鳥飛入樹叢，老樹是牠們的家，有牠們的子女，牠們的情。我從底下走過時，總會緬懷起老祖母以及先人的佑護；總憶起六十多季初夏的夜晚，在老樹下撲流螢、捕蟬、扮家家酒、玩王一王二的故事；一千多個由父親陪著回家的晚讀日子；和七十二季春天外，孤獨漂泊的歲月，一份由孤女無所依託的愛，與自責交雜的心情，一切事學著自個兒擔當，學著跌倒後，忍淚、忍辱再揮淚、撩髮、揚首，繼續前進。雖然少了一個最親愛的依靠和惦記，有時會多了些妄自菲薄的自卑，雖然這個世界不再圓滿，但那份恆久的牽繫、深摯的關愛與感恩是不會變更的，永遠緊緊地拉著我、提攜著我，化為更無遠弗屆的庇護。在濃密綠蔭廣袤下，我想我們總是沐浴在那份悲欣交集的可親可敬的歸屬感裡。

暮色在寂靜的林中暗下來了！我踏著篤定的腳步，走經滿是夜露的溼草，一足一跡地隨著媽媽走下山。回顧山谷的老家，又見那一傘的濃蔭！

原文得一九八三年成功大學鳳凰樹文學獎散文組佳作

回家看芒花

碧空如洗倚山窗，黃欒一帶抱風廊；白雲騰空思鄉情，芒花遍野喚遠人。秋色繽紛，藍空白雲、禾黃葉紅、湖翠黛粉……真是個添愁思鄉的時節！妹妹特地來電描述政大醉夢溪畔那數大的甜根子白芒，在燦日下閃耀著無邊秋意，她說：「姊啊，我們平溪的高山芒也正抽著淡淡棕紅的芒花，妳真該回家看看的！」

或許我真該沿著鄉愁，像鮭魚一樣溯流返回故居，看看居住了十七年的紅磚屋，看看十七歲那年匆匆搬離來不及好好告別的老家，以及來不及好好整理的悲傷。記憶裡的故鄉充滿了秋天的惆悵，貧寒的家境掀起父母親無休止的爭吵，因此從小我們就參與賺錢的一咖。我們背過林務局的樵木、磚頭、煤礦、竹筍、竹子、一大袋塑膠花、電子零件……同甘共苦的親情早已超越窮困帶來的悲憐。直到十七歲那年，父親在一次礦坑瓦斯氣爆驟然離世，頓失依怙的我們在辦好喪事後半年，搬離無人煙的山居，住進六坪大、沒有浴廁的工寮裡，住到小弟國中畢業才遷居木柵。

前幾年老媽退休，喜歡回去種菜，兄弟姊妹不捨老媽沒個遮風避雨的休息處，決議要讓老家重現風華，大家各出資幾十萬，保留尚未傾頹的紅磚牆，加以補強、加蓋鐵皮屋頂等等。簡陋的山居一完工，老媽更常回去種菜了，她說種菜時可以忘記煩惱，可以找還在的鄰居開講；山居也提供了假日時大夥兒齊聚一堂的好所在！

滿山坡的芒花翻飛，是我童年熟悉的秋景，是的，我要回家看芒花！

原載二〇一八年十月《人間福報副刊》

希望芭樂園

愛吃芭樂嗎？那「喀啦」咬開的快樂，輕脆悅耳，用心細嚼下去，紮實得很，毫不虛張。

餐桌上盛滿貧困窘狀

小時家中捉襟見肘的窘狀，從基本的三餐就足以感覺得出，餐桌上老是那幾種一看就沒胃口的、自家種的粗菜，不是蘿蔔乾、鹹菜，就是澀澀黃黃、顯然沒加多少油去炒的空心菜、A菜、地瓜葉、紅鳳菜，配著無法再稀的地瓜粥。

阿爸就蹲在一條長凳上，一雙筷子輪流在盤裡撥來撥去，在國罵聲中遍尋可以下飯的菜餚，或驚喜意外挑著的肉末丁。

我們小孩呢？急急忙忙地挖一勺粥，往碗裡一扣，就遠離餐桌，有的嘴饞些的，把筷子往盤裡一挾，飛奔到籬笆邊蹲下時，還聽到噗通噗通的心跳聲！

好不容易，盼啊盼，盼到過年過節，總算有那叫人垂涎的滷蛋，和不斷引誘我們在廚房旁徘迴不去的滷肉香、白斬雞。每個人互望，鼓動腮幫子，臉上彷彿也濺著了些許的油水，比起平常滑潤生動許多，也不再拌嘴找碴，唯恐這會是釀成嚇走香味的厄運！

「食飯囉！囝仔食飯啦！」終於熬到了！

大家蹲在庭院一處自認為最安全的角落，小心翼翼地吃著自己碗內分配來的雞肉滷蛋。最小的妹妹阿秀，發現大哥碗裡的雞腿，就要跟他換。大哥當然不肯，把碗端過頭頂，跑了。小妹追，追不到就哭。猛見阿爸拖個扁擔衝出來，混亂中，那支叫人多捨不得吃的雞腿恰巧掉到一堆雞糞中，大家不禁暗叫了聲：「唉唷！」大哥背上突然被擊中，不禁怒從心生，反身擋住阿爸手上的扁擔，兩個人眼紅筋青，僵持不下。

媽媽勸著：「這是囝仔的代誌，你欲呢受氣？食一頓飯，嘛欲按呢起跤動手呢？」全家都忘了吃蛋、吃肉了，蹲著的人都立了身，尤其是阿秀，驚得連碗內的湯汁溢出來了，也失去感覺了。我發勁喊：「大哥，跑啊！快跑啊！」大哥邁開腳步，跑了！爸爸往前踉蹌了幾步，大哥已經跑出竹林外了。

偷採芭樂大人齊聲教訓

一個夏天午後，一陣西北雨「浜搭浜搭」打在瀝青漆的鐵皮屋頂上，媽媽踩著那古舊的縫紉機，我們則在木床上，跳得床嘎嘎吱吱叫。

「喂！阿美啊！出來一下！來看恁兜囝仔做啥物歹代？」我們也不約而同擠到窗口朝外看，那個小氣的鄰居－闊嘴婆，握著幾粒青青的芭樂。「你家己看啦！遮爾細粒的芭樂亂挽亂捻，有夠夭壽的啦！會予雷公轟的啦！」說完，她抬頭發現我們也在聽，便惡狠狠地瞪視窗內一張張懷著敵意的臉，放串炮似的罵：「恁這夭壽仔啊，我辛辛苦苦種的芭樂是要來孝敬恁的嗎？下擺予我拄著，就剝恁的皮！」

我們也不甘示弱「是我們嗎？你有證據沒啊！跑來人家裡大小聲，神經病啊！」「對對！神經病加瘋子加小氣！」「還加闊嘴喔！」惹得在旁鞠躬呵腰的媽媽，突然又驚愕又發窘，順手抄起門邊的掃把，尖聲斥道：「恁遮的討債鬼喔，越來越爻應喙應舌，看我按怎修理恁！」邊說著，就要往腿肚子掃下去，大家「哇」一聲，連忙跳下木床，往稻埕奔去。

雨聲在背後嘩啦啦的追趕，好像是媽媽嘟嘟囔囔的罵聲。她準又從摘芭樂，罵到媒人為了一點媒人錢作下這樁婚姻，害她一輩子翻不了身，一直哭訴到外婆早逝，外公拋下七、八個幼兒出外討生活等等，一串串辛酸悲苦的歹命。

闊嘴婆到處張揚我們偷拔她的芭樂，最後必然傳到了阿爸的耳裡。等他備了細竹條，要來教訓我們時，大家早已像泥鰍一般，溜得不見人影了。阿爸從齒縫裡擠出一句話：「愛食芭樂，家己來種啊！」

過了一些日子，阿爸真的一收工，就叫大家到對面的山坡去燒山、整地，接著把不知從哪運來的一批果苗栽下。一路上，一行熱鬧的隊伍，一步一步走進了撒滿夕暉的金色山坡。忙了兩個禮拜，我們才戀戀不捨地扛起鋤頭、畚箕奔下山坡。此後，巡果園變成了父親工作之餘必做的事。

親情解套在家有幸福假期

阿爸，終於漸漸冰釋了僵寒的臉。

向來，我們與阿爸之間的對話是少得過於陌生，彼此盡量避免湊在一起，倘若意外碰著了，我們都急急地跳到路旁或故意繞岔路。我們的耳朵已靈如脫兔，遠遠探到阿爸的咳痰聲和踏鞋聲，便身手矯捷，竄得無影無蹤。

幸而阿爸突然有了種果樹的心竅，讓疲於「捉摸大人」的小腦袋瓜稍得閒憩，還能趁寒暑假去爬樹找鳥蛋；設陷阱捉竹雞、野兔，或下田捉泥鰍、水蛙、烏龜；或溯溪釣魚、網蝦。到山裡摘野莓、挖肉桂根……一個個假期下來，倒也添了不少油水，養了不少寵物！

之後，阿爸竟然也會趁大夥兒寫功課時，主動和我們聊起芭樂園的種種，例如他追野兔、野羌、趕松鼠的情形，以及芭樂樹長高了多少等。

不知從什麼時候開始，暑假又多了項樂趣，那就是採芭樂。一籃籃、一袋袋，送的送、賣的賣、吃的吃，還留了一地供松鼠冬眠用呢！

不喜歡或說是怕回家的大哥，也帶同學來採芭樂了。阿爸手足失措迴避出去，回來時，手上竟提著芋葉包的魚肉和兩三樣我們平日鮮吃的青菜，月桃葉裹的豆腐。當天阿爸去上工時，特地要我去叫大哥他們回家吃午餐。

阿姑、表兄弟、姨媽、舅舅一些素未謀面、無從稱呼的人，陸陸續續躍上了我們的舞台。這些客人的到來，讓拙於應對的我們窘迫失態，在客人將到之前，我們便先溜到山後自搭的茅草屋，或逃到芭樂園去。丟下媽媽難為情的說：「這些孩子怕生，不會叫人，沒禮數啦！失禮！失禮！」

破天荒的，阿爸的上司及同事也相約要來家裡，他們在酒酣飯飽之餘，不時地誇我們家小孩聰明會讀書，滿牆壁的獎狀。我端菜出去，又說我長得「真媠」。我們家就這樣漸有人來往。媽媽說：「恁阿爸嘛較有人氣了，恁喔，嘛較袂若像兔仔仝款啊看到人就走！」餐桌上開始有魚、有肉、有蛋了，管他是五花肉還是肥肉；管他是吳郭魚還是鯽仔魚，反正吃起來，大家都是有說有笑的了。

好夢頻驚啊！美好的日子嫌棄了我們這偏僻的山居啊！在我讀高三下學期的那個春節，那個人人說是開工大吉的初五，礦坑爆炸坍塌，活埋了近十五人。

老爸驟逝老厝走向破落

阿爸在電視新聞報導中，被列入生死不明的一員。等我和大哥在子夜時驚惶失措趕回，阿爸已經被抬了出來，陳列在臨時搭建的棚子下，蓋著短短的草蓆，露出了焦黑的腳掌。那些不認識的人，催著我們去翻看阿爸的臉，我遲疑沒有上前，跑出棚外倚著樹哭泣。想到阿爸臨終前在想些什麼？面對死亡又是如何的恐懼和掙扎？早已不可自己了……

可憐的阿爸……

數月後，媽媽帶著年幼的弟妹搬到馬路邊的礦工工寮住了。我、大哥、二哥又回到大都會，繼續當「浮雲遊子」。在霓虹燈的閃爍裡，在日復一日的求生壓力下，山裡的一切越來越模糊了。剛開始，還記得初春滿谷的杜鵑和山櫻；暑假得回去幫媽媽挖綠竹筍、採芭樂。深秋裡整個山坡、河岸搖曳的芒花，以及在冬日中怒放的茶花、山蘭。

媽媽說：「自從恁阿爸走以後，啥物親戚也很少來走動了，驚咱佮恁借錢都驚死喔！只有，有時陣會叫人來講一聲『欲去挖竹筍喔！』『欲去挽芭樂囉！』等我趕去時，攏嘛剩一寡啊又小又硬的芭樂。老厝的桂花叢、茶花啥物，攏予人挖挖去，啊！拋荒了！」

童年過去了！全家也在小弟讀大學時遷居台北。老家山裡的芭樂園，早已荒廢於野莽中，不復尋了！但，也許哪隻幸運的松鼠，偶爾還可以覓到兩三顆營養不良的小芭樂吧！

原載一九九九年六月一日《張老師月刊》（筆名菊容）

用美食圈住親情

好友傳來她親手料理的母親節聚餐的照片，哇！不管配色或擺盤真有辦桌的水準。後來見面才聽她細說辦這桌飯的心路歷程。

好友父親前幾年心肌梗塞走了，好友說：「一向依賴另一半的老媽突然失去生活重心，她以前出門一定要穿著正式、頭髮要吹整得伏伏貼貼；現在任白髮滿頭，連出門也意興闌珊；以前豐盛的年夜飯也冷清了！而且我弟弟離婚，姪女們都是她在照顧，輕膩之間口頭上就常有冒犯，更讓我媽心灰意冷……」好友受《喜宴》這部電影的啟發，開始上「谷歌」搜尋食譜，篩選菜單後試作、到定案後的分配工作以及教作，四組人馬各負責兩道菜，先在自家廚房煮食，再送到老媽家。她說：「我是考慮每個人使用廚房的習慣不同，不想為了煮頓團聚飯又添上一筆不愉快，而且我們住在同一棟樓，送菜很方便。」想必好友沙盤推演過了，對這次母親節的聚餐亟盼圓滿。她說這也情非得已，母親節前幾天，她老媽因不滿她弟弟又換工作，彼此起了爭執；又因她姪女嫌阿嬤煮的菜千篇一律，引起阿嬤罷煮。同在一個屋簷下，世代觀念大不同，風波不斷啊！「可是你知道嗎？當我媽看我菜單的圖片後，竟也觸動她原本已意興闌珊的心！兩個姪女也興奮的自動認領沙拉和牛肉捲餅，也做得興趣盎然！更棒的是，沒想到她們在料理過程中，竟然彼此會鼓勵、讚美，之前的不悅似乎釋懷不少！」

我光看她傳來的照片就食指大動了，想必是美味可口囉！她客套的回答：「第一次嘗試自己辦桌，覺得蠻有成就感的，味道上是可以再調整，但能夠將一家人的快樂重新聚攏，意義重於實質，我自己很滿足了！」

好友為圈住一家人的感情，費心策畫母親節大餐求取圓融，將鬧劇扭轉成喜劇，還真有點「喜宴」的氛圍呢！

原載二〇一八年八月《人間福報家庭版》

與竹為伍的童年

童年位於深山谷裡的家遍竹幽篁，有刺竹、桂竹，更多的是滿山頭的綠竹。每年七八月，母親領著我們爬過一座座陡峭的山頭，在毒蛇野蜂的襲擊下，挖回一袋袋綠竹筍，開始沒日沒夜的加工作業線。未出土的嫩筍，洗淨、剝外皮，用藤繩一斤一串綁好；已長出綠蒂的筍還要水煮過再串綁。隔天一早，要揹到火車站旁的早市擺攤。賣不完的切成薄片，鋪在家裡所有能用上的器具上曬，三不五時要翻面，要驅趕偷襲的雞鴨鳥，等到完全曬乾後裝甕，以備缺糧時用。

除此還要扛回一根根乾枯的竹子，劈成短條供每餐灶腳起火用；剖成長條的則用來編籬笆。門埕邊的竹籬每兩年就要汰換，這倒也難不倒我們，只是有次二哥的右臂因此裹了好幾個月的石膏，也差點切斷我的左中指罷了！

有一年稻收後，我們還揹回好幾綑的稻草和竹幹，沿山壁搭了幾間的避難茅屋。避什麼難？當然是父親手抄竹扁擔，常常請我們吃「竹筍炒肉絲」之難囉！

原載二〇一七年七月《更生日報副刊》

香皂救了我家

童年的家是我作夢都想速速逃離的地方，卻也是我夜歸埋頭狂奔最後能回去的地方。夾雜依賴和厭惡的家，那賭性堅強的父親是掌握矛盾的關鍵者。費盡心思和創意連一毛錢也要藏的母親，和只要有賭必賭的父親，每到了晚餐前幾乎都會上演比角力的肉搏戰。一群嗷嗷待哺的稚兒幼女，號哭的、奪門奔赴山下搬救兵的，紛紛就位……時下那些幾百集的連續劇算什麼呢？戰果揭曉：永遠是父親翻尋出母親的私房錢奔赴賭場當火山孝子，母親癱坐、哭訴陳年的歹命，我們六張嘴只能草草填塞半生不熟猶如野草的食物，驚惶未定進入夢鄉。

這樣的歹戲往往三天一小場，一月一大場，無預警的、強迫似的進入童年生活。

手癢不離賭、身子單薄的父親，是個深入地平面幾千公尺工作的礦工。在我自卑極深的求學階段，在父親職業欄填上「隧道工程師」，以掩飾自己貧困不堪，無法和台北同學相提並論的家世。母親恰恰相反，從不放棄任何可打零工的機會，常常也吆喝孩群出動，不管是替林務局背杉木下山，或者替翻新厝的村人搬磚塊過岸，家庭代工塑膠花，賣自家出產的筍子、青菜、養豬雞鴨鵝，供應六個孩子的讀冊錢和便當菜。自立自強的我們，對下工後的父親採取監視，以保護自己用勞力攢積的銀倆，壓根兒不冀望從父親那兒拿到分文。

即使如此，母親仍常遭到索款未遂的父親毆打。有一次母親正在大灶前煮晚餐，父親從背後抓母親的頭往磚牆猛力撞擊，母親的哀嚎驚動我們，六人兵分兩路：一路去捍衛母親；一路往山下摸黑狂奔求救。當村人抵達時，母親早已頭破血流了！隔天母親照常到河邊洗衣，我循著小徑找到她，她一棒一捶，淚水滾到河裡，頭也沒抬，對我說：她已經買好農藥，藏在竹林裡。接著又開始對命運一連串的控訴，怨從小母親即逝，父親硬是聽信媒人的話，把她嫁給這種人家，那時她已探聽出這戶人家好賭，寡母性情不好等等，現在弄到她生不如死，活下去也看不到一絲希望……當時那個蹲在小河上獨木橋、才就讀小學三年級的我，越聽越發毛，俯身對母親尖聲喊：「我們老師說妳很偉大！妳很偉大喔！」母親抬頭，瞇眼，問：啥物叫「偉大」？我只好用不輪轉的台語再說一遍。母親臉上乍現光芒，又問：「恁老師哪會知影？」「我佮伊講的啊！講阮媽媽安怎甘苦？安怎飼養六個囝仔？阮老師就講恁媽媽足偉大ㄟ！恁也要打拼讀冊喔！」

母親得知自己被大家所尊敬的老師稱讚，突然動作輕快了起來，臉色有了些光彩，端起臉盆讓我接著，和我一起走入陽光裡去曬衣服。

那瓶農藥被我和二哥找出來，倒掉，丟了！

長大後回想，真是步步驚心啊！差一步，我們的命運必大不同啊！

母親找到了繼續為六個孩子活下去的堅定意志，父親老是用國罵回應六個孩子的求學和生活費用：「國中畢業攏攏去找頭路啦！冊免讀偌濟啦！」

偏偏，我們像是為了活命似的，書都讀得蠻好的，一早起床都恨不得趕快去學校，學校生活快樂輕鬆多了！

父親常在我們溜得不見人影的背後，狠狠的追上一聲聲國罵，還附上一句：「討債鬼！」

或許我們的好讀感動了老天！父親他們這些梯次的後備軍人訓練，正好安排在我就讀的國中操場。那天學校碰巧要頒國語文競賽的獎項。我得到校內作文和閱讀測驗第一名，代表參加區賽，又各獲第一。因兩者時間衝突，抽籤決定作文由我代表參加縣賽，因此從校內一直頒到縣內，我也一直被喊上台領獎。認識父親的村人、同事和長官，頻頻望向父親，交頭接耳。會後我把一盒一盒的香皂交給父親先帶回家，父親竟然露出極為罕有的微笑。

此後，我漸漸發現父親居然較少國罵，平日在家的時間也比較多了，也會下廚煮些魚肉、滷蛋，甚至親手做魚丸給我們吃。還因我們羨慕賣豬肉的鄰居家有種橘子和柳丁，竟然請人載來滿車的芭樂、橘子苗，也讓我們扛到對面山坡去栽種。幾年後芭樂的豐收，還引來了久未謀面的親戚，連礦場的上司也來了呢！母親的臉也越來越豐腴了！

接續大哥、二哥，我也到台北市讀高中。父母為了讓我們兄妹有個棲身處，在中和買了間小公寓。父親常利用放假日，從山裡買來黑豬肉、放山雞蛋，讓我們放學歸來時，得以享用熱呼呼、香噴噴的晚餐。滿滿一鍋的滷肉和蛋，還可以讓我們吃上三四天呢！除此，還會主動給學費、生活費。聽母親說，父親改變很多，除了過年會去賭一下，平日已不涉足賭場了！大概發覺孩子長大了，會唾棄他的惡習性吧！

我高三下時，父親因礦坑氣爆而驟逝，短短十七年的人間相聚，幸好有那些香皂扭轉了悲慘生活，保留了最後幾年美好的回憶，到底也圓滿了這一世的親情！

原載二〇一七年六月《聯合報繽紛版》

把秋意請回家

節令早過中秋，整個城市仍如杜甫所形容的「天地一大窯」，炭烤咖啡、龍眼、花生已不稀奇，你看！陽炭烹桂月，「田水沸如湯」啊！不要說下田除草，連掃個地都「背汗溼如潑」喔！我只好慵懶搖椅臥，手搖白紙扇，隔著數千年的時空與古人神遊囉！

陶淵明讀《山海經》，我讀陶淵明：「孟夏草木長……時還讀我書……微雨從東來，好風與之俱……」想必古今之人均嘗盡炎熱之苦與樂，何況現代面臨更嚴峻的環境變遷，如何因應全球暖化，實是一大挑戰。

讀到高駢在綠樹陰濃的長夏，靜觀倒影池塘；我即尋幽探訪到東勢林業園區，賞那一池荷葉翻浪的雅蓮，碧蕖田田飛白鷺，以驅趕一身躁熱，體會心靜即身涼的境界。既已悟到「時有微涼不是風」而是心境所造，歸來無事，遂將今年初拾來的蓮蓬和香椿果實取出手創加工。挖出家裡現有的材料，把糨糊擠進廣告顏料中調混，彩繪蓮蓬，再用鐵絲穿成「一朵朵」一色彩繽紛的「花」，擺在案上，猶見清蓮。另外少見的香椿裂果，相傳須是三十年高大老樹，方可開花結成香鈴子，蒴果裂開、裡面的翅果隨風飄灑。掉下的裂果狀如金銀色的花瓣，中間仿如圓錐形的蕊，真如姿態百媚的「花」呀！我將之黏在寶特瓶、竹筒，塑膠杯上，選揀幾支插上。拍照傳給好友共賞，即回傳：「哇！有深秋森林氣息喔！」

秋老虎的午後，我把幾許秋味請進家，一個人靜享午甌茶，俯仰廢物利用的手作品，窗外蟬鳴已非熱，而我儼然已陶醉於「不樂復何如」的酣味了！

原載二〇一九年三月《更生日報副刊》

古比家的呼喚

你走出校門看我的第一眼，若同時遞上模仿海豚呼喚同伴的「乎——乎」，我一聽到那高音調便知你今天和同儕相處甚歡、學習順利、甚至得到師長肯定的愉悅。若你沒主動發出「乎、乎」，我便會發出「咕咕」「咕咕」，等待而來的是你降八度的聲波，我即了解你正在傾訴低落的心情。這是你在小學三年級時發明的暗號，你喜歡高智商、愛嬉鬧又會帶來好運的海豬仔，還自創了卡通人物「古比」。

這隻跟著爸媽悠游大海的小海豚「古比」，在你的筆下優游，愛窩在媽媽的懷裡，用鰭搓癢媽媽；興奮時還會加上跳水的泳姿；得意時，更擠弄超級可愛的豬鼻子，忽大忽小的抽動鼻孔！那是你表示心情特好的特技表演，逗得大家哈哈笑時，你還會附贈露出上門牙兩顆，然後紅著臉往我身上磨蹭。你知道，我會搔癢你這隻正在害羞、撒嬌的「小古比」。

「小古比」耍「古錐」的時間不長，因著爸爸心肌梗塞驟逝，我變成了鴕鳥，你的「古比」想像世界也嘎然叫停了。我自欺那只是你的「引擎慢熱」，卻不敢揭開「小古比」失蹤的真正原因，在你正需要我用力擁抱的時候，我自顧自地舔傷，甚至剝奪你選擇性的沉默，輕忽你更難以面對突來的打擊和生命的迷惑。

甚至在學校你還得承受導師嚴重的曲解，在全班面前厲聲斥責你：放任全班鬧哄哄都不管，當什麼班長！上課一問三不答，是在耍什麼特權？憑什麼資格當選模範生？「他依然沉默以對」，連同學也心疼你。

連我載你上學途中，有時也被你的不答理氣到叫你下車。

有個一年見面僅兩三回的朋友，聊天不到幾句就判定你該去上人際關係的課程，還質問我不願面對孩子的問題。他們忘記了鯨豚是善於溝通的、是高度社會化的哺乳動物，所以你這隻人間的海豚「古比」，只是暫時關閉與外界交流的通道，你改變哨音想傳遞的訊息還沒有人聽得懂。

颷風策著勁雨而來，我方驚覺你沒同在躲雨的簷廊下，抬頭四顧，陰雲時疏時密飄著，東方有朵鑲著金邊的烏雲，是隻海豚躍浪的模樣。頃刻，彷彿聽到「乎——乎」的召喚，那是熟悉的「古比」上升調，正向我傳遞了世界上獨有的符碼，這倒喚醒了我：不管我能否解開你現在的密碼，至少都要陪在你身旁，以堅定的耐心與愛。

原載二〇二三年十月《人間福報家庭版》

上山看你

木棉花不知何時，已在高直的枝椏上含著橘紅花苞了，過不久，就會在這條山路上，怒放一盞盞又橙又亮的燈花。我們青春時正逢校園民歌盛行，一首「木棉花」唱得大街小巷一片繁花似錦。熱戀時，晚餐後，我們喜歡走上政大河堤，我總會輕輕哼起「紅紅的花開滿了木棉道……」你眉目間都是笑意，瞥目端詳，我即停嘴，你輕緩地說：「我愛聽呢！為何不唱了？」我就傻傻地笑，搖搖頭。你酷愛收藏黑膠唱片，初識時，你迫不及待獻寶，一片片拿出來放。我看著把自己想像成大指揮家的你，在馬勒的交響曲裡，不斷揮舞雙手，擺腰弄姿，十分沉醉，讓我笑得更燦爛。我們最大的共同點就是家境清貧，所以長大後，都試圖綴補童年貧乏和遺憾的一隅。就像我小時候喜歡聽鋼琴樂音，幻想自己穿著白洋裝，淑女般坐在鋼琴前彈著叫人如痴如醉的琴音。你應該還記得我陳述了多遍的話：「但我只能駐足教堂外，嘖嘖稱羨彈出一首首聖歌的巧手，神化自己對音樂的思慕。」小學老師知道後，就邀請我星期日到教會；但我們的假日是必須到菜園工作；在家裡煮中、晚餐；餵豬、雞、鴨；洗衣服、劈柴、照顧弟妹等等，囊括了幾乎所有的家事……你靜靜地聽我嘮嘮叨叨，好不容易有個空檔插話：「還真看不出來你會做這麼多粗活，以前一直以為你是都市裡的大小姐呢！」我就會哈哈大笑：「想不到我偽裝得真好喔！」你聳聳肩，大聲說：「不是偽裝，倒是渾然天成，天生就有一股優雅的氣質喔！」即使感覺甜滋滋，也要罵一聲「巧言令色喔！」

從山下的小學一路走上來已微微沁汗，山腳處種了一片開滿純白小花的瑪格麗特，映著藍瓦白牆的管理中心，回頭望是灰濛濛的大肚溪出海口，溪的另一岸是你的故鄉彰化。我相信你會喜歡這裡：背山望向海，眺望自己的故鄉……

談起你的家鄉，你總是滿臉憂鬱，隱約感受到你肩上的重重負荷。你剛追求我時，帶我參加你彰中死黨的婚禮，會中即有人警告我：「你不擔心他的家庭背景嗎？」看我一副天真的模樣，他又追問：「你應該知道他們家的情形吧！」其實我不是很了解你家中的一切，從你的陳述中，大約知道你的家族本來是大地主，讀國中時，爸爸將分到的家產都敗光了！如何將那麼大筆錢花光，你並沒有說，只說彰化市火車站前的民生路都是你們家的，被政府強制徵收，至今尚未領取補償費。「你知道嗎？我爸四、五十歲了還去跑船，人家都不願意收！後來終於有一家船公司收他，硬跑了兩年的船！」我更不清楚，你爸爸在日據時代讀完公學校，為何不去從事一份安定的工作呢？你媽媽為何都沒出任何的主意呢？我曾經很疑惑跟你說：「我覺得你們家很奇怪！你爸媽都受過良好的教育，只養三個孩子，怎麼讓你們只受這樣的教育呢？而我們家爸媽都沒讀過一點書，養了六個孩子，卻都個個讀到大專畢業，甚至研究所呢？」沒想到這種想法不是只有我有，我的家人、朋友也因此認為你不適合我，而阻止我們來往！甚至連研究室的教授都不看好，還去電給我媽媽，交代她一定要反對！教授知道你在追我時，跟我說：「我有個很優秀的學生已經讀完加州大學碩士，即將返國，我很想介紹你們認識。」而我，一向同情弱勢！

「因為自己也是弱勢吧！所以對弱勢者特別有感。」「國中三年級，學校將較會讀書的四、五十人，不分男女合為升學班，想讓我們去報考台北市高中聯考。有位英文老師超級認真，大學剛畢業！願意到我們偏鄉學校教書，真的讓人敬佩！他不是我們班導喔，但因住學校宿舍吧！每天一大早就在黑板上抄滿了英文試題，一個中文字也沒有。有些同學就是學不來這外國東西，成績老是掛個位數。這位年輕心傲的男老師自然看不下去，天天請吃竹筍炒肉絲外，還加上口沫調味，常常當著大家的面罵他們。有天，晚自習，老師又來巡堂，看到其中一位學生可能在說話吧！不分青紅皂白就劈哩啪啦大罵，我坐在離他們較遠的第一排，實在聽不下去，就說：『哪有這樣的老師啊！一天到晚侮辱學生！』沒想到老師竟然聽到了，氣呼呼的走到我的桌前：『你說什麼？』我真的又說了一遍。老師氣得拍我的桌子吼：『哪有你這樣沒禮貌的學生！』拂袖而去！我是所有老師眼中的好學生，全校票選最高票的模範生！老師自然氣壞了！同學當然也都被我的舉動嚇壞了，紛紛走來：『老師會不會去告狀了？』從那天起，我都故意避開那位老師。事過多天，校方竟然絲毫沒有相關的動靜，我想老師寬恕我了。」你聽了並沒露出驚訝表情：「感覺得出來，你憤世嫉俗！」

婚前，我曾去過你家一兩次吧！破舊的透天厝，我想，至少還有自己的房子嘛！後來才從你妹妹那裡得知，那是租的！你高中就開始自己打工賺取學費、生活費，讀私立大學為了支付龐大的費用，除了平日在自助餐店工讀外，寒暑假都會去當捆工，「我也去梨山打工好幾次呢！」我記得你說過。言談中還有份自豪！

與你相處越久，我越來越了解你那位朋友背後的意思！還有更讓你難啟齒的是有關你家庭的事，這也是婚後我才得知的。

也許風太大了，瑟縮在衣帽裡的兒子拉拉我的衣角，我轉過頭對他笑一笑，轉身繼續往山上走。兒子一出生，就被你的親人說：像極了你小時候。我很感恩有這麼一個貼心的兒子陪伴，你知道嗎？你走後不久，有次傍晚我和他去買菜，回來的路上，菜藍拉車的輪子竟然滾掉了，那時才小學五年級的兒子，連忙找回輪子，試圖想修好拉車，因為還有一段路要走。看他不斷嘗試修復的動作，我心酸落淚。我曾經很氣你，為何那麼不愛惜自己的身體，熬夜抽菸、喝酒應酬……讓我們母子現在過得這麼孤單無助，尤其是孩子還這麼小！平日視我們為最寶貝的你，何以忍心？

有人問過我：不後悔嗎？在眾多追求者的選擇。我想，從我的喜怒哀樂有了你的一份後，再談後不後悔已無意義了！

老實說，決定要結婚前，我曾想反悔，想要下定決心離開你，日記裡寫著：若我離開他，他是否就再也找不到老婆了呢？沒想到你會偷看我的日記，這樣私密的心事，有次在我們為了買屋自備款吵架時，竟然從你嘴巴冒出來：「你不要一直以為我很沒用，什麼叫你離開我，我就討不到老婆？」是否因為如此，你並沒拒絕離婚的前女友和你保持聯絡，甚至共餐過，連找房子、裝潢、修理電燈什麼的，都委由你幫忙。她還去你的工作室幾次了，我竟毫無所悉，建築師學弟曾提醒我要多注意你，我也不想過問，我要看看你是不是個守誓言的男人？你讓我欣賞的本質是否仍然存在？

因為你晚出晚歸，兒子一向跟我較親，雖然我較嚴格。記得兒子問過我：為何會嫁給爸爸？我笑一笑說：「因為媽媽抱著很純真的想法走進他的世界，兩人一起打拚也不至於會多落魄吧！當時還真多人反對呢！」不過，其中是有那麼一絲牽動我內心的導線，你還記得嗎？某次你特定安排我和你的麻吉見面時，他說了你在高中時的一件往事：你們都是社服社的，那次你們募款要幫助的對象是獨居埔里的一位老婆婆。一群人熱情將愛心送達時，他低聲對你說，比你家還好嘛！只見你不怨不尤，仍一派熱心忙裡忙外。他說：「就是這點感動我，有這樣氣度的朋友真是不凡啊！」我暗地裡想：「這樣不卑不亢的人應該很有志氣！」

你是帶著一種家道中落的英式貴族氣質，眉間深鎖，透過吞雲吐霧釋放更深的憂鬱。我極納悶，煙味難聞，有害身體，為什麼還要一直抽啊？你意味深長的看我一眼說，習慣了吧！從大學時趕圖就開始抽了，好像不抽，腦袋瓜就空空的。我不屑的堵了回去：「這恐怕都是藉口吧！」

找藉口成了感情和婚姻生活中的家常便飯後，彼此的孤獨更深了，分裂也更深了，所有的悲歡再也沒有對方的聆聽和溫度回應，現實正好一道道割裂悲歡的缺口，日月小隙，無心修補，鴻溝漸陷，反背怒目雖不至於，但再多的溫柔悔恨勢必也喚不回遠馳的心情。我的心隨著對未來失望也漸漸走遠了，走偏了……

佛寺鼓聲悠悠敲響，什麼時候雨絲墜飛！不知不覺，我已站在你的墓前，「想跟爸爸說什麼就盡情的說喔！」我對兒子這樣說。「你爸爸是位好人！雖然他對朋友非常講義氣，但他自始至終最愛的都是我們，也最放不下我們！我們要讓他放心喔！」兒子點了點頭。

我們來看你了！你若在天上有知，應早已知道為何我們許久沒上山看你。「生命無常、諸行無常」師父常耳提面命，但我們總是後知後覺，在生命流暢時，哪能體會無常的現象是不受控制的，往往企圖去操控想要的慾望，因此增添許多痛苦。那年還因你的驟逝而恍神的我，一人承擔起你的所有後事，師父擔心我過於憂傷，屢次開導我：「死亡是莊嚴的事，不是悲傷的事。他是有福氣的人，在睡夢中走了，在親人好友的梵經聲裡微笑而去。你可能無法接受的是他正值壯年就走了！」但，自己歷經一段病痛的煎熬，從疑惑到沮喪到恐懼，心境起伏隨著療程一路跌宕，因而慢慢接受你的確是有福氣的！生病何其痛苦！看病何其沒尊嚴！而我因緣極淺，世事無常正考驗著我學習、去領會細微的實相，去學會接受無常、捨棄執著，對有常的變化抱持開放的心態，自在地面對生命中所有的變遷。而我能有此慧根去真正了解所割捨不下的「我」，事實上只是一種不斷生滅流動的現象嗎？我想，能看破一切有為法方能脫離所有的苦吧！「松聲，竹聲，鐘磬聲，聲聲自在；山色，水色，煙霞色，色色皆空。」寺中對聯如是刻著，字字喚醒迷心的人。

合掌念佛迴向給你，我想，深愛我的你，早已寬恕世間裡你我的一切，要放下的人是我！回首，望向無邊的霞彩，我默默的、虔誠的向天許個願望：明年、後年、每一年，我都能跟兒子一起上山看你。

原載二〇一五年三月《更生日報副刊》

包「愛」的餛飩

我家老公常利用假日，把他那雙平日在繪圖桌上揮灑的巧手，搬到廚房裡，展現他獨特的拿手菜。我常讚嘆他具有廚藝的天分，只要他在餐廳吃過一回的菜，不僅能如法炮製，甚且還會改良成合乎我們家的胃口。孩子幼年時，為了讓孩子營養均衡，老公便模仿韓式煎餅發明了蔬菜煎餅。他的蔬菜煎餅至少有五種以上的菜，每一種菜都切得細如芝麻，他說：「切細，可以把每種菜的獨有味道揉合在一起，孩子才不會獨獨排斥哪種菜，也不用咬那麼久；種類多呢，營養才均衡啊！」還有那道讓我和孩子念念不忘的海鮮南瓜濃湯。新鮮的魚蝦切成碎末清蒸、南瓜蒸熟後打成泥，混合調勻再淋上新鮮牛奶，上桌前還灑上些許香草粉……哇！過了二十年後的現在，光用想的就垂涎三尺了！

孩子嬰幼兒時的副食品都是老公親手做的，舉凡豆漿、蘋果泥、蔬果汁算是稀鬆平常，最獨特的是——至今還讓已在社會工作的兒子餘味猶存的鮮蝦餛飩。為了讓兒子不排斥吃蝦，老公將鮮蝦、蔥花和豆皮剁碎，加上香菇、高麗菜泥攪拌成餡，捏進餛飩皮裡，最厲害的是，盛上桌時，皮可是完好無損啊！現在我們回憶起他時，兒子總是會先提起：「爸爸包的香餛飩真是特別，令人懷念啊！」小小一顆顆的餛飩，曾經藏著一位父親對幼兒的愛，如今包裹著兒子對已逝父親深深的緬懷！

原載二〇二〇年一月《更生日報副刊》

老來收涎

「奇怪，明明就特別提醒自己一定要放進行李箱的啊！怎麼找不到！」室友看我翻遍行李箱不打緊，還把所有袋子的東西倒得滿床都是，禁不住好奇，便問：「是什麼寶貝東西啊？看妳找得眉頭深鎖、額頭冒汗。」說來也不是什麼價值連城的珍品，就是一條毛巾，但沒了它，我可無法安枕入眠啊！

也不知從何開始，我突然發現枕頭常溼成一片，摸起來還有些黏黏的。老公說：「應該是口水吧！」「什麼！睡覺會流口水？豈不壞了我淑女的形象？」老公開玩笑：「你大概沒做『四月大』啦！一般嬰兒長到四個月大時，外婆家會『送頭尾』，裡面有一樣『涎垂』俗稱『頷垂』，因為嬰兒到長牙時期最容易流口水，往往流得胸前一片溼搭搭，掛上涎垂收口水，胸前的衣襟就可以保持乾爽，也有保佑嬰兒順利成長的意思。」「在做四月日這天，還會有個『收涎』的儀式，就是用十二倍數的酥餅，用紅線或黑線串上，掛在嬰兒胸前，由母親抱著到親友家走動，請每位長輩拿一塊酥餅，在嬰兒嘴巴假裝抹一下，然後念吉祥話，如『收涎收灡灡，嬰仔好搖飼，收涎收嗒嗒，趕緊叫阿爸』、『收涎收灡灡，予你事事攏如意』。看來啊！八成是妳小時候口水沒收好！」

我媽媽小時候就沒了媽媽，我哪來外婆送什麼涎垂啊！「我呀，豈止口水沒收好，連發育都不良喔！」此話一出，惹得全家笑咧了嘴！

笑的出來的，大概都是不曾和貧困比鄰而居的幸運兒。

我一出生沒奶粉喝，直到國三生了一場大病，醫生建議要補充點營養：「不然喝點奶粉也可以」。我才終於嚐到這奢侈品的滋味！我媽生前兩胎早就窮到不僅沒法坐月子，照樣下田、打零工，到我這第三胎當然擠不出一滴奶水，只好用湯匙底磨爛稀飯餵食，長大一點就加入地瓜磨，連一點點米飯也要省。「發育能好嗎？能長大就謝天謝地了！」現在八十六歲的老媽提到辛酸的往事，眼眶即溼潤，唏噓不已：「我嫁錯婆家，讓我的六個孩子先天不良、後天失調，每個人都體弱多病。」我們趕緊趨前撫摸老媽的肩膀：「這又不是你的問題，你太了不起了，把六個孩子拉拔長大讀到大學、研究所。」

聽了我悲情的童年故事，老公拍拍我的頭、細心地幫我準備了一條戲稱「收涎巾」，鋪在枕頭上：「我幫你補做收涎啦！」從此我就與「口水巾」結下了不解之緣。

此後的第一次旅行外宿並不在意，沒攜帶口水巾，豈知整夜不成眠，輾轉反側，搞得枕邊人無法酣睡，睡眠品質不好也連帶影響旅遊興致。受了教訓後，每次出外住宿，老公都會再三叮嚀：「口水巾帶了沒啊？」

若這次真沒帶到，那接下來十四天的行程該怎麼走下去啊？說得房伴頗感事態嚴重，趕緊加入尋找行列，果然是局外人明眼，沒多久，她就從裝了一堆私密衣物的袋子中，揪出了這寶貝……

原載二〇二一年《更生日報副刊》

二哥

二哥只大我兩歲多，可是懂事多了，好比過吊橋，他已跑在橋彼端，我尚觳觫遲疑，等我驚悟要跟上去，他倏然又在遠方向我招手。

小時候我常鬧肚子疼、腹瀉，二哥就拿了一些「臭藥丸」叫我吞下去。有次左中指長了俗稱的「指甲邊」，三更半夜痛到醒過來哭，吵醒了睡在右護龍的二哥，他就先用火燒炙縫衣針、刺破膿包、擠出膿，隔天在院子採鳳仙花的葉子，搗碎、敷上包紮，換了幾天的葉渣，就這樣土法煉鋼幫我治好了！

人生客途至此，常遺憾沒有遇上什麼良師益友，但仔細想，二哥可算是我人生最溫馨的良師。記得我讀小學一年級時，大家都在排隊等降旗，二哥卻已跑到我們班的隊伍旁，對我比手畫腳，手中揮舞著幾張鈔票，顯得格外高興。我衝出隊伍，二哥急忙說：「來來！我告訴你，這裡有一百元的獎學金，一百五十元是稿費，還有三本故事書……我都會分給你喔！」我仰著小腦袋瓜笑瞇了眼，直點頭，在老師催促的叫罵聲裡不得不跑回隊伍。

原來是二哥參加國語日報徵文得了佳作，這是校長在朝會時報告的。

爸爸是礦工，成年看他都是駝著背，讓長出腳踝的拖鞋，拖拉到這、到那。缺少生命保障且又辛苦的工作，致使爸爸很是悲觀，加上早年的孤苦及歷經的苦楚，封緘了他的嘴及他的笑，對我們不是國罵就是三字經，發起怒來——扁擔和竹藪雙射。我們總是離他遠遠的，經年累月沒有半句話來往。媽媽常常一把鼻涕一把眼淚，埋怨爸爸只會賭博，賭到餐風露宿……我就只會陪著流眼淚，可二哥他就盡量幫忙劈柴、揹煤、挖竹筍……

我最喜歡假日時二哥帶我去山裡挖山芋、摘山柚、紅心芭樂及楊梅；抱乾枯的竹子回來當柴燒，順便劈青竹為我做書架、編籬笆。不然就去溯溪捉蝦、釣魚、撿河蜆。有次二哥帶我到四角潭釣魚，涉過溼滑的壘石、長瀑、陰涼狹仄的山壁，我滿腦子魑魅魍魎，捧著忐忑的心緊緊跟著二哥，而二哥似乎很悠哉的樣子，我叫了叫二哥，二哥嗯了一聲，說：走好！別摔到水裡了，還有，回去別說！多年後我才聽說，村裡有幾個人淹死在深不見底的潭裡，跟著做了好幾次的噩夢。

但有一次二哥自己卻從樹上摔下來了！我跑去扶他，卻惹得他哇哇大叫！他被送到醫院了，回來時一隻胳臂裹著紗布吊在脖子上，我看了看，又哭了起來！二哥很生氣，叫我擦乾臉，說：那麼大了還哭，哭有什麼用！

漸漸地，童年相依為儔的情感，隨著二哥上國中不再那樣直接了！我常常看到的只是二哥低頭沉思的背影，爸爸瘦長的身子及不時駭人聽聞的咳痰聲，我也越來越感覺到一家人的孤獨和憂鬱是與生俱來般的濃烈。每天傍晚我都先淘米放進大灶裡煮，然後跑到可以望見對岸公路的山坡上坐，當我看到二哥的身影，我心裡才感到了踏實。等二哥回來煮好菜，爸爸回到家才不會大發雷霆！

回憶是種折磨，將歲月的底片一再沖洗，相紙泛黃了，事實的真相也得靠記憶能力去一一補綴，而悲傷的往事在回憶裡更平添傷痛。尤其是對加諸二哥身上種種歹命的回憶，更是一種折磨！

二哥上國中二年級時，不知原因，手腳越來越浮腫，臉也白得像掛了張塗滿白粉的面具，最後連站都站不起來了！爸爸媽媽放下工作，每天揹他下山求醫。三不五時有好心的鄰人，指點哪裡有神醫、哪裡有靈丹、靈符，他們毫不猶豫地揹起二哥往各處奔波。二哥不得不休學了！他的老師和同學都跑來探望，他們拉拉他的手，摸摸他的腳，拍拍肩，走出籬笆時都掛滿了淚！我躲到廳堂的神案前，再也禁不住伏案啜泣，隱約裡我彷彿意識到了：爸爸常說的命運捉弄人的無奈！

好幾回傍晚，二哥就著窗口吹洞簫，嗚嗚嗚地吹滿了山谷，山谷裡的溪澗，山崗裡的風也嗚嗚的響了。天空似乎墜低了些，月亮也糊了臉，爸爸說：別吹洞簫了，暗暝了會引來鬼魂的！我趴在我的窗口，透過山月的微光，竊望二哥的窗，我發現二哥也在擦眼睛……

二哥更蒼白了，爸媽也更瘦了！

過了很久很久，終於有醫生找出病因，二哥的病是心臟缺陷所引發，經漫長的治療終於有了點起色，手腳慢慢消腫了。等二哥可以走路時已是國三了！幸好學校認為以二哥的程度可以直接讀國三，免得重讀還要浪費一年！

國中畢業，二哥執意只考五專，放榜時高分的消息傳遍全鄉。等到報到登記日，二哥先去台北工專，排隊時聽人說明志工專可以半工半讀，寒暑假學校還會安排工讀機會，並提供食宿等。這對窮人家小孩來說是多大的誘因啊！於是他又一路摸索，好不容易抵達了新莊，卻已額滿；二哥慌張又趕回台北工專，唉！誰知也已超過登記時間了！回到家，爸爸罵、媽媽怨、二哥泣不欲生。後來二哥只好一邊在媽媽工作的鐵工廠打工，一邊讀書。隔年他又考上台北工專，也考上了師大附中。

輪到我要選擇學校時，父母及家裡的人都要我去讀師專或台北商專，只有二哥希望我想好不要猶豫，並分析：若讀高中，以我們家境，是無法提供我任何課外的補習和後盾，完全得靠自己去努力！

等我上了高中，媽媽拿出了攢了多年的私房錢，到中和買了間小公寓，讓我們兄妹三人在異鄉有棲身之所。為了圖方便和省錢，我想騎腳踏車上學，二哥以交通治安太紊亂為由極力反對。羸弱的他卻每天騎自行車上學、到自助餐廳打工，到菜市場買人家淘汰的菜。二哥說我要考大學，便把唯一有窗的房間讓給我，又悄悄地將他自購的電風扇放在我房間，自己窩在不通風的房裡汗水淋漓。啊！二哥……

老爸在我升高三下時因礦災驟然離世！貧困的環境裡，時間不斷的輾過了悲傷，歲月這匹馬陰鷙過的創痕，深鏤在我記憶深處。到了二哥服兵役年齡，我因對生命的強烈質疑把自己流放到南部的大學，二哥從軍中來了封家書，如是寫的：琴劍雖漂泊，但願你能優游自在，勿太憂而斲傷琴棋；勿太苦而失去希望……不知不覺我又淚眼婆娑了！

原載二〇一七年十二月《更生日報副刊》

兩床蠶絲被

以為丟個舊物，再日常不過；事到臨頭，真要丟棄一樣東西並非都輕而易舉。我看著這兩床蠶絲被，就常常陷入了想藕斷卻絲連的留戀……

大妹學會開車後即買了台小車，偶爾南下旗山探視婆婆，回程不是載著婆婆手紮的南部粽，就是自家在庭院種的幾顆老欉熟的愛文芒果、木瓜、香蕉，途中特地會下台中交流道送來我郊區的住處，來訪大都約在假日，我和孩子通常會在家候著。

那是個春寒料峭的傍晚，大肚台地山頂風透天吹，更別說黃昏的溫差來得猛急。車一開進社區，即見她瘦小的身影瑟縮在門凹處，我趕緊下車，急問：「來多久了？怎麼沒先說？為何不在車裡等……」她笑笑站起身，雙手提滿東西，邊跟著我們進屋，邊說：「請休假，臨時才決定回旗山，想說好久沒來了嘛！」她俐落取出袋裡一碗碗的碗粿和味噌湯，催促著：「已經涼了，我們趕緊吃吧！」我和孩子不約而同地歡呼：「肚子正餓呢！」看夜幕一層一層摻合薄霧飄墜，想她一日舟車必已勞頓，留她宿一晚。大妹照樣不放心周休要去補習的兩個兒子早餐可能沒著落，加上「我夜不歸怕老公多想，還是趕回去吧！」若她沒添上來台中這趟，我也沒讓她多等，她此時早已抵達台北的家了。

見她推拒，我也只能叮嚀她小心開車：「累了一定要去服務區休息喔！」我知道她又是一路疾馳北返。

車尾燈漸漸消逝在迷霧中，「別易會難得」的蒼涼從心頭竄出。

過不久她就宅配兩床棉被來。電話裡說：「我們去池上玩，台東鹿野牧場剛好在賣當地製的蠶絲被，摸起來很舒服，我也訂了兩條給妳，另附上的棉被套是在公司大樓廣場的特賣會買的，玫瑰花的淡雅，我想姐應該會喜歡。」大妹一定注意過我家裡的舊棉被，從兒子出生用到現在，兩條傳統厚重的棉被，已跟著我們搬了兩次家，本應該淘汰了，總是覺得一年也只蓋幾個月，還是把錢省下來還貸款吧！

我比大妹大三歲，可她倒是比我更像大姐。她選讀台北商專，考慮退攻兩可的進路，少了升學壓力，大可去打工自籌生活費，畢業後身懷一技之長，工作機會也較多。當年我棄師專、商專而選北市高中就讀時，她指責我自私：「家裡多窮難道妳會不知道？」

光六個小孩的學費就把媽媽轉得像陀螺，媽媽身兼數職仍捉襟見肘，還得緊抓月光，將竹筍串成一掛掛、摘回來的菜扎成一把把、舖過鹽曝曬過的蘿蔔葉一束束塞進小口的甕……那些拿去市場販售的竹筍、準備過冬的醃漬菜，都趁月色趕工。月亮漸漸往西沉，媽媽的背夜以繼日地往下駝……這些無不在我的淚眼裡上映。大妹自然也將媽媽的辛酸看進心坎裡，專五即考上普考，一畢業就分發到合庫上班。反觀我大學畢業正值經濟蕭條，半年內只靠家教維生，失意落魄的我總是故意躲開客廳裡家人的聊天，有天我正倚著欄杆愁望碧海夜心，隱約聽到有關我的失業，談論間似有出現「垃圾」的擬喻，話裡的酸味嚇入我的內心，成了翻滾的酸楚。大妹在職場表現出色，對人生也有定見，工作幾年開始她所謂的「進可攻」，拿到碩士後考上高考、會計師，從初始的銀行櫃檯一路奮發，經幾番請調，最後「坐上」行政院部會的會計室主任，她漸脫從深鄉僻壤帶出來的徬徨、窮酸，終於活出城市的一道光彩。

她從我的財務窘況看出我對金錢的隨欲任意，曾試圖教我理財，我卻心有旁騖，歲月漸長，也沒調教出我應有的蛻變。

歲月卻拉扯著大妹往前衝，身為主管的壓力、婆媳關係的難解、隨著孩子學業表現升降的情緒失調、夫妻間無可逃的齟齬，輾過來搥過去的苦結成痂，無不將她推進繁忙和酸澀的繭裡。這些間接從家人聽聞的訊息，我從未積極關切。我總是以一位單身母親理所當然要「被諒解、被寬待」，應有排開自己涉事家族的特權；生活的壓力其實也擰乾了我偶發的動情素，唯有在秋冬換蓋蠶絲被時，孩子露出無邪的滿足說：「好溫暖的被子喔！」才偶爾牽動我對大妹的惦記，可那牽掛也稍縱即逝。我們各自浮沉在波濤洶湧的人海裡，疲於收拾紛紛墜落的涕淚，兀自跋涉匆匆。

童年我和大妹同睡一床，常為了搶棉被怒目相叱，為防止她睡覺時大腿跨壓到我身上，遂在木板床中用讀過的教科書築起楚河漢界，若她大腿再襲來，我可是毫不客氣抬高、狠甩回去，嚇得她驚醒，嚅嚅呶呶一臉矇樣。她額頭上那道疤痕，記憶著成長過程我們保持遙望的距離是常態，那時正在剖竹片準備編竹籬笆的我，如果肯早點提醒她門埕堆滿圓滾滾的竹幹，她也不至於踩上去像滑鐵輪一樣滑撞到磚牆、血流不止。食指浩繁逼迫我們不得不在縫隙間發展出生存競爭，特別是在維護私人物品上我絕不手軟，她常因好奇偷穿我的衣服、偷用我好不容易存夠錢跟大哥買來的收音機，甚至翻閱我的日記信件，我一發現有異便會逼供，暴怒下口不擇言，有一回我又質疑她偷用我視為寶貝的收音機，她氣急攻心拿起我的收音機炸過來。

我們姐妹的關係其實一直就像收音機的碎片。

開始試圖補綴碎片、搭架天線的轉圜，卻是在彌補兼憐憫另一方面的失去。我和孩子驟然失去一家的依靠後，大妹開啟了走進我家的門。寄棉被後又送來一台收音機，自說到失笑：「我只是想讓孩子可以多練習英語聽力啦！」她來了一樁心事的，我怎可能看不到：大妹酷顏冷言的背後早早鑿通的一渠一渠慈善的厚道，我只是不想欠她太多人情！我一向自以為是天光雲影，沒想到，大妹才是我生活中真正的活水。

有次北上開會，臨時約她吃個晚餐，卻聽到令我詫異的回覆：「尿出血，已預約到台大下午的診。」有些事當知道時通常為之已晚。經過一連串檢查，家人偷渡胃癌三期的消息！沒料到才剛要拼湊的破鏡，竟然再次粉碎一地！經過手術切除，用最新進的標靶治療，暫時控制惡質細胞，但吸收能力已差，禁忌不少的高渣食物，體重一下子縮水了原有的三分之一。大妹請長假開始漫長且折磨的療程，我只能趁放假偶爾北上探望，特意製造一家團聚的歡樂，用快樂的插曲分散大妹的恐懼，試圖引開死神的惡作劇。就在我們欣喜控制得宜，感謝死神的慈悲之際，復發並轉移的噩耗，猶如裝甲坦克開進看似安穩的家，瞬間摧殘兩年多漸入佳境的光景。

我第一次擁抱她，擁著她那不比一床蠶絲被重的身子，我的心剎時擰出一滴一滴的疼痛：「妳千萬要好好的喔！」她竟然回我：「妳沒空就不要勉強來看我，我最不喜歡給人家壓力！」這樣的話竟成為最後的告別。我本想要說的安慰或和解也好，明明在心裡頭熬煮得過爛了，到了嘴邊卻又吞回去，勉強對她擠出笑容，轉身快步走下樓，再也忍不住的淚水奔馳……南返路上我不斷向老天爺懇求，別帶走我妹！別……她還年輕啊！那段時間感覺一直都是冬天，緊緊纏著蠶絲被，溼漉漉的水氣瀰漫了我對她諸多的抱歉。我們的嘴抿成一條線，緊緊密閉死亡的恐懼，唯恐一開口，一不小心，死神就從話語偷偷張牙舞爪。

日日扛著心事，盼著一絲一毫的奇蹟，時間還是帶著悲痛襲擊而來！幾度新涼撞出的人生裂痕刻印重複的憂懼，生命諸多缺憾，無力圓滿。春冬之際寒露溼重，夜深躲進蠶絲被，奪眶的淚水加重了被褥的溼氣。

經年添歲雲鬢愁白，蠶絲被也泛黃、被角破損，早就換蓋羽絨被了，但每至換季我仍會打開套袋，取出蠶絲被曝曬後再收藏至櫃頂。眼見家中的物品越堆越多，孩子年年見狀難免建議：「用不著，何不丟了？」近來斷捨離的文章line來line去，曾好幾次我彷彿已下了堅定的決心。

可每當我將這兩床蠶絲被，拿至門口等圾垃車時，總按耐不住地打開袋口，聞了聞、揉又揉，一脈溫暖汨汨而流，瞬間牽動一縷縷的「絲」念，最終還是轉身拖回。「生命」催促大妹不得不辭別我們，而她留下的蠶絲被，彷彿是她遺在人間的溫婉光輝，堅持要熔解我們來不及說再見的遺憾……

不確定的生日

「今天是妳的偽生日吧？」好友看到臉友陸續在臉書對我傳送生日快樂的祝福，跟她記憶裡我的生日有點出入，抛來疑問。

老實說，這個疑問自從我打算訂婚時，就跟隨我多年了。訂婚前照習俗要「合個八字」，我老媽從神明桌左邊的小抽屜，拿出一張泛黃卻夾得平整的日曆紙，戴上老花眼鏡：「你是◎月◎日早上九點多出生的啦……」這張關係著我家六個孩子的生辰，老媽用她自學來的國字和數字，以螞蟻排隊的文字體式，拙劣的一筆一畫，刻在薄到印刷顏色都透滲到背面的日曆紙上。我拿過來看，很不確定的問著：「你這是一還是七啊？」「一啦？應該沒錯啦。」「不過，要是二十一換算那年的國曆還沒冬至呢，你以前說我是吃完湯圓才出生的？」「你是吃完圓仔才出世的？我有這樣講過嗎？」「有啊，你有一次是這樣講的啊！」「這樣嗎？應該沒寫錯！」

既然老媽堅持無誤，我就用網路上給的換算公式，輸入農曆的八字，得到國曆的生辰，卻跟身分證上的生日差了一週，連星座從魔羯往前成了射手座，這兩個星座可是極端相悖呢！可換算來的生日，讓通曉紫微斗數的朋友一排，我又沒她算的那麼好命！

「這已經是什麼年代了，還有這種搞不清楚生辰的事？」

「唉唷，你們城市人無法體會啦！」話說我童年住在大雪山東南側的深谷裡：「鳥生很多蛋的地方，蛇蟲出沒，山雨欲來時竹雞『雞狗拐』個不停，傍晚山羌在芭樂園發出的警戒聲『尬啊』，晚上領角鴞『勿勿勿』神秘的魅惑。不要說全村沒有醫院診所，連個產婆都沒啊！」我出生的傳奇是聽我媽說的：「什麼產檢？連什麼時候要生都不知道。那天在菜園工作，肚子突然痛得不得了，趕緊爬回家躺在床上，等妳擠出來我已經痛到全身無力了，可憐喔，遇到寒冬，妳已經凍到發紫了，幸好鄰居回來經過聽到我的呻吟，進屋察看，才去起灶燒水，幫你洗澡包衣服，她是我們的貴人啊！」好友仍是不解：「既然妳媽有記錄你們的生辰，為什麼你的身分證生日不是你的真正出生日？」諸位不知前往鄉公所要費上半天時間，何況報戶口也不會比顧腹肚更急迫，「山裡人都要先養活一陣子才會去報戶口啦，醫療不便、營養又缺乏，嬰兒夭折很常見的。我爸去報戶口時以為晚報會被罰錢，就順口把當天當作我的生日。」

因生日之謎而生出了好幾個生日，高中老同學就記得我是聖誕節生的，特地南下為我過慶生；家人記得我的農曆生日，送來賀禮；閨密們記下射手座的生日，早就約好聚餐逛街；還有臉友們在偽生日刷來滿版的祝福。哈哈，可見生日於我存有捉迷藏的趣味！

原載二〇二三年十月《金門日報副刊》

輯二

人海，練心所在

來不及道謝

始終有一雙手常常不經意地出現在我腦海裡，沒有他，這世界可能也不會再有我。

那時我應該才四、五歲吧！還是個「愛哭又愛綴路」的黏巴達，阿母要去火車站附近的礦業會所領阿爸的薪水，我鬧著也要去，阿母沒法子只好帶我上路。一條巔坡的鄉間泥土路，讓走路慢的我彷彿要走上千秋萬世。阿母擔心超過可以領錢的時間，不斷的催我趕我，幾度想把我寄放在路邊的柑仔店，怕生的我硬是跟上！終於走到鐵軌邊了，因為這是支線的最後一站，為了方便車廂調轉，鐵軌鋪了一條又一條，從圍牆邊走到鐵軌另一邊，大人可能也要走個三五分鐘，何況還要爬上長長的、陡斜的階梯才能到會所辦公室。阿母只好千叮嚀萬叮嚀要我在圍牆外等她，說她很快就會回來。起初，我被像張牙舞爪的軌道嚇阻，看似乖順聽話停了步，當看到阿母的背影越來越小，驚惶的邁出小腳步，正要跨到第一條軌道，根本沒察覺有個火車頭正往我這頭馳駛而來，對我鳴笛，在火車將我和阿母的視線隔離的剎那，我剛好看到阿母轉身驚恐而張開的大眼，拔腿向著我奔馳……那一瞬間，一雙手把我舉起來抱離軌道！當我被放下落地時，阿母剛好也追到，緊緊抱著我，不停不停的跟那位阿伯道謝……至於她到底有沒有領到錢，我已經不復記憶了！

這幾年我又跟阿母提起這件事，追問手的主人。阿母說應該是住在街上的某某，可惜已經不在人世了！我沒能親自跟救命恩人道謝，在生命惆悵篇章裡又添一筆！

原載二〇一七年九月《人間福報副刊》

圖書館收留了我的寂寞青春

從我讀小學起就常聽到爸爸對我們耳提面命：「不想讀書就去工廠賺錢，我們家是沒辦法讓你們補習的。」這倒是實話，光供應六個孩子的基本開銷都常捉襟見肘，到處告貸才能繳完學費，補習豈不等於天方夜譚？老實說我並不排斥補習，尤其是讀北市高中時，一到放學，這個同學要去補理化；那個也要補英數……我是其中幾個乖乖回家，沒機會藉故閒晃的人。同學們偶爾藉補習之名約去看電影、郊遊，甚至參加男校的舞會，我都只有羨慕的份！她們聊天的題材總離不開補習和電影或筆友，我往往插不上嘴，感到青春正與我背道而馳！苦悶與青澀的滋味把我引向永不會棄絕我的老友——書。

揮手跟趕赴補習班的好友道別，我轉彎步向翠薇掩映的八角造型的校圖，那時聯合報連載的《千江有水千江月》是我搶看的第一道功課，貞觀與大信之間輕似夢的愛情是我每天的懸念。手拿幾本在二樓借的志文書局出版的存在主義小說，走在校門口椰林道上，晚風拂裙，哈哈……活脫脫的瓊瑤電影的經典畫面嘛！

內心以小說裡撲朔迷離情節填補，電影主角夢也自導自演了，哲學書看多了，無意間還成了同學們情傷時的心理諮商對象。免費補習自己來，圖書館收拾了我的寂寞青春！

原載二〇一八年一月《更生日報副刊》

慈悲穿梭夜色奔來

考上台北市的高中，我開始遠程通勤。天未亮，阿母就高分貝的兩三分鐘叫一次，硬要跟我的酣夢拔河，睡眼惺忪的我拎起熱呼呼的飯盒，直奔進濛濛光裡，趕搭第一班公車。到終點站後，轉乘另一車種，走進校門時太陽早已展顏迎接！放學，不管多快馬加鞭，下車時，滿天星斗通常已睜大電眼對我放閃！

若遇颱風或暴雨，山路塌坍或土石擋路，交通頓時中斷，家裡沒裝電話可請假，硬著頭皮闖風險，搭一段公車到崩塌處，下車行走一段路到有另條公車線的車站換車，歷經折騰，到校竟近中午。教官候在警衛室，一開側門，不分青紅皂白，先臭罵一頓，看到我褲鞋滿是泥濘，又訓斥儀容不整！疲憊不堪的身心非但沒得到撫慰和了解，竟還遭責罵處罰，暗自吶喊：「天之驕子啊到底有沒有同理心？」

披星戴月一年多，我已無法負荷時間和體力的壓力，跟父母親要求外宿，多出來的開銷對貧寒的家境如同雪上加霜，但父母親並未勸阻。高二下，我和同學合租一間五坪的房間，房東是一對外地遷入的年輕夫妻，為了貼補家用才將空房出租。

我們早出晚歸極少和他們相遇，但可感受他們也是拼命三郎娘，除了正職，還兼送報、發宣傳單、夜職會計，用樸實勤奮開拓人生。

那天客廳的電視機正和廚房排油煙機較量口氣，我聽到平溪兩個字，觸電似地探出頭看一下螢幕，新聞正播放著礦坑疑似瓦斯氣爆，土石堵住出口，坑內估計有數十位工人生死不明⋯⋯「糟了，那是爸爸工作的地方！」不祥預兆冒出，魂不守舍，整裝速備，衝出門口。房東太太喚我一起用餐，我結結巴巴：「家裡有急事，麻煩您轉告我同學，請她幫我請假。」

隔了兩三天，晚上九點多村人扣扉來問，某某在家嗎，有人找。我疑慮啟開門至半，啊！淚水不聽使喚奔流而下，翕忽之間萬種心情竄升。房東太太輕輕拍我的肩膀，移步至父親靈前上香致意，遞給我一白包，推辭之際，房東出聲：「就一點點小心意，希望不要嫌棄。很晚了，山路彎曲，孩子還在家等。妳要堅強！」他們定是早就安排請假，帶著滿腔的慈悲穿梭夜色而來，在蜿蜒的山路趕赴，就為一個失怙的女孩遞送一份勇氣、一份溫情。對岸的公路到我家並非平路，無法騎機車到達，他們得走上一段起伏繞林過河的山徑。朔月山色濛黑，望著房東夫婦趕下山的背影，惺忡間激動如草地間的蟲唧復唧唧。

我孤立門埕，不遠處貓頭鷹「兀兀兀」，同時聽到一陣深沉的機車轟隆聲漸漸遠逝，悲涼中又感受到深刻的恩情，在內心裡開花結蒂。

原載二〇二二年八月《更生日報副刊》

一張紙條

因為一張紙條，睽違三十多年之後，幾個高中同窗相聚在杉原，話題莫不聚焦在那本該叫人歡呼的青春年代，然而歲月卻丟給我們慘綠的年華。

秀秀娓娓訴說當時她深陷於失戀和家裡變故的悲痛：「我割了好幾次腕。連月考都沒辦法考……你們都不記得嗎？我奔出教室，學校廣播找我啊！導師和教官都急著找我談話！」我搖了搖頭，這些往事全和我的記憶失去連線。阿妙凝神良久：「好像有次月考，你很快就交卷！我還納悶：『哇塞，有這麼強喔！』」海濤翻著白浪來到這富山珊瑚群潮間帶的復漁區，溫柔到只剩微波盪漾，大家一逕低頭踩著柔軟的泥沙，似乎拒絕回顧那苦澀的子衿光陰。我打破大家的沉思：「你Line裡說的那張紙條到底寫什麼？」秀秀歪過頭、拋給我一臉疑惑：「你真的忘了你曾寫張紙條安慰我的事？我一直留著。」我再次搖頭。她說大概是說生命就像海浪般，有時平靜、有時浪濤洶湧，要走過大風大浪，才更有力量看見未來……

阿妙和美美不約而同地表達：「那時的我們都很懵懂，加上升學壓力，都自身難保了！」我接著說：「我正值父親驟逝，疑惑生命的意義；又營養不足導致嚴重貧血，整個高三下彷彿飄在縹緲中。」秀秀說她的夢就停在十七歲，一停就是二、三十年。

荳蔻後此去經年，舔了多少的傷痛，垂淚在十、七八歲的陡梯，上與下皆是考驗。

這個海風吹拂的午後，渾圓的山丘起伏著，豐盈的土地滋長著，一朵朵亮麗的金針花跳躍著，多令人讚嘆的美好啊！我們這幾個嘗過多少杯酸甜苦辣的老媼，試圖用愛和寬恕去笑看往事，慢慢啜飲這杯五味雜陳的苦海。這時依稀聽見大海用濤聲激浪嗆話：這一杯算什麼？是啊！人生多風雨，每盞燈火下都有意味深長的故事。

走過滄桑方識得人生況味！感謝藍藍大海、微涼風吹，吹開我們的心扉、收拾了我們的心情，學會真正和十七、八歲的自己揮別，怡然自得邁入耳順之年！

原載二〇一九年九月《更生日報副刊》

第一支手錶的下場

時間戴在手腕，卻抓不住指尖流沙，漏下的沙有的直接混在泥土，有的輕飄隨風不知所蹤，黏在指尖的幾粒倒如水蛭吸血鬼般，好不容易剝離了原位，卻又黏到下一處皮膚，猶如一些記憶，緊巴著時間，不管歲月如斯奔流蹈海，就是刷洗不盡。

為了大學兩天的聯考，我那一角錢也要儉存的媽媽，竟然給我一支手錶，她說剛好看到菜市場擺了一攤賣鐘錶的，「考試若時間無夠用，規个攏去了了矣！」

沒想到好不容易擁有的第一支手錶，竟然這麼急著跟我脫離關係，而且是通過突如其來的驚魂暴力過程。

考完聯考回租屋處收拾包袱，碰見通勤時常一起擠公車的同學，兩人就約定擇日去她家借書，還可到附近的圓通寺走走。她建議走石階綠徑上山，我從未去過，自然聽地頭蛇安排。一路上閒聊等候聯考成績單的忐忑，不消多時，就看到巨大的石獅和石象威嚴守護兩側，同學說到入口了。走入山門，精緻的石雕燈柱吸引我的目光，當時十七歲的我只識得彌勒大佛，民國七十年也沒谷歌叔叔可以查詢寺廟的資訊，所以遍尋碑文想略知其史一二。兩個涉世未足的少女，顧著嘰哩咕嚕，並未察覺身邊有何異樣。直到傍晚下起一陣小雨，提醒我們該打道回府了。同學說：「我們走個O形吧，走公路下山。」撐起傘踏上歸途，公路一邊是泥土的駁坎，一邊是茂密的竹林，兩人併肩而行轉過第一道彎路，一個身穿深色雨衣的人迎面而來，我都還來不及側身讓路，他即撲向我，將我推倒。我尚莫名其妙，正要起身時，他已俯身而下，幸好同學機智趕來推開他！此時我才意識到他的目的，同時驚覺自己正面臨危機！正待我爬起還未站定，他立即下一波的攻擊，猛力撲倒我，我倒下換同學抵抗，同學被推倒換我對抗，突然他改變策略——把我推下竹林！我嚇得呼叫同學：「不要丟下我！不要……」同學也跟著衝入竹林，三人開始更激烈的他推我起，我倒你推連番戰鬥，僵持好一陣子……老天垂憐！終於聽到汽車馳來的輪胎聲，我們敞開喉嚨嘶喊「救命啊！救命啊！」或許遲未得逞的變態已精疲力盡轉而心生恐慌，就在我們拼命求救之際，他往竹林深處衝下坡！

我們連爬帶滾的回到公路，不敢再往下走，拚著最後的力氣匍匐爬回圓通寺，直看到慈眉善目的彌勒佛大座，昏厥過去了！

有人倒熱茶讓我們慢慢喝下，有人拿熱毛巾幫我們擦臉，等我們漸漸能睜開眼睛，哇！人群已圍滿了一圈，聽我們道出遇難記，有人說他在你們周圍繞好幾次了，有人說早覺得那個人怪怪的，還沒下雨就穿著雨衣……言下，大家早就察覺了，就是沒半個人事先提醒我們。剛剛照顧我們的比丘尼問著圍觀的人，有誰可以載我們下山？有兩位年輕的騎士自願幫忙，在神明睽視和比丘尼的拜託下，我們安然地回到地面。和同學分手時，她才告訴我：「那個變態在竹林裡時好幾次去撈褲袋，他的褲袋尖尖的，好像有刀子！」

回到家一衝進浴室，我才發覺手腕上空無一物！書沒借到，雨傘弄丟了就算了，連第一支手錶都孤單地遺落在遇襲的現場！

原載二〇二三年九月《金門日報副刊》

心托的那輪明月

愛情走到了分手，我是「寧為玉碎、不為瓦全」的絕裂，因為看清楚：多苦留變心人一步，癡心的那方只會惹來更多心碎。教會我這般生命觀的，竟是我獨排眾議和眾追求者而選擇的大學男友。

大學畢業我想陪他讀完延畢的一年，他可不領情，屢屢催我北上覓職。忙於謀職的我，沒察覺他的情感已悄悄轉移到同社團的某夜間部女生，待發現聯絡次數少得奇怪時，真的就是「全世界都知道我被劈腿，而我仍被蒙在鼓裡」的不堪！連給個解釋他都嫌煩！在確定交往四年的感情消逝時，我心意已決定：台北車站之約將是此生最後的見面，電話中我要他歸還所有我的物品，連點蛛絲馬跡我也不願留給他。

見面前，我一刀一刀剪斷合照，阿溪縱走、清境武陵健行、墾丁戲水……照片裡青春年華的兩人，曾經滄海難為水了呀！縱使獨自登山倚斜陽，舊情猛上心頭；山色晴嵐景物佳，也不禁自憐；攜手共行的街道、熟悉的電影院都讓我睹景思情！昔日甜蜜對照現今薄倖，我寧願啃著悔恨，無視霎霏微雨，單衣獨行河堤，呆坐，坐到黃昏人靜時，坐到月入扉風滿帷，吹醒僅剩的尊嚴。交還他的只剩他半張獨照，以及碎不成樣的禮物，連回憶的線索我也無意留下，往日情既已惘然，往後人生再也不要面臨這樣的辜負！

什麼都歸還了，那曾經相映的月兒何處歸？夜深追悔，淚珠每每澆溼日記。當時一篇篇懷疑自己擇人眼光，對婚姻失去嚮往的日記，被後來的先生窺知了！我是因他留夾在日記裡的一張紙條，得知他瀏覽過我的青春之殤，紙上隻字片語：「過去的讓它灰飛煙滅，未來就讓我牽住你的手！」看著他氣韻飄逸的每個字都寫到我最深的罣礙，我已明白：心托的那輪明月始終沒有拋棄我！

原載二〇一八年六月《更生日報副刊》

同學會不會

年過五十，各個求學階段的同學會突然接二連三舉辦。主辦人屢屢催促：「畢業三十年了，來看看老同學嘛！」不管國高中或大學，畢業即失聯的同學何其多啊，對他們的現況，我何嘗沒有半點好奇心？但內心裡就糾結著「無顏見江山父老」的自慚，未必是「見不得別人好」，更多的是跨不過去的「相形見絀」！或許還隱約浮動那黃鶯鶯唱過的「我曾愛過一個男孩」的顫動，一種私密到「少年人老」的惘然吧！

我對愛情的笨拙和後知後覺，看在知情人的眼裡，恐怕有如走在三人行的鋼索上。

大學班上有兩位僑生是班對，一開始，我並不知他們交往之情，於他，也真的僅止於思辨義理的同道而惺惺相惜。我也無從知曉他轉學的念頭是否因我而起，因為大家都看得出我自入學即抱定轉回台北的意念。大二，他轉學至臺大，寫來第一封信安慰我：他之所以上榜乃因僑生身分加分，我還是比他更勝一籌之類的。因而開始魚雁往返，偶爾藉由書信交流人生和讀書心得！直到有天，那位女同學拿著一隻手做蝴蝶來找我：「是他寄給我的，妳應該也有一隻吧！妳不知道我是他的女朋友嗎？」

迷濛的淚光裡，我彷彿看見那隻被我夾在書中的彩蝶，輕款翅膀飛出窗外了；我若知道，一定拒絕跟他有任何往來！在情場上，我總是知趣選擇轉身的一方啊，我習慣收藏莫名的憂傷，習慣看黃昏收網多少人間的篝火，卻無法想像她牽著他款款走進同學會場時，我該如何妝點冷靜的表情？

還有，那個曾經對我深情誓語「你走了，臺南的天空將碎，再也無法補綴」的男孩，對待轉學考鎩羽而歸的我，他竟可以快速換掉古城落英處，托付明月的心，用百米賽跑找到女媧補天了！往昔日復一日快遞的彩箋，我還來不及消化，就得託付天涯的燕子了！獨放我念此水悠悠年復一年……我，怎有辦法故意漠視他的背影，看他挽著學妹的手而強顏歡笑於宴席間？

更讓我搖頭苦笑的是：高我三屆的建築系學長，終於藉著我生日之名，鼓起勇氣懷抱幾本哲學書，以及五百張的稿紙來找我，笑說要當我的經紀人。親手繪製的卡片上，慎重其事的刻寫他的祝福和鼓勵，是我灰心時的最佳勵志小品。《亂世佳人》是我少數到電影院看過的電影，也是他牽著我的手一起看的。寒假來臨前，他說已幫我買好票一起北上回家。我訝異回覆：可我已答應別人要多留幾天，去逛逛府城的古蹟。他沒說什麼。再見時已是開學後的幾個月了。他淡淡抱怨我為何不打電話給他？我那位暗戀他的同班女同學常打給他……我才恍然大悟，原來她常假借要幫他約我的名義和他聯繫，也頓悟平時她老是跟我說一些無厘頭話真正的意思。既然如此，我且當個「成人之美」的君子吧！他畢業後去馬祖當兵，曾寄來幾封信，說黃昏時面對寬闊海洋看著我的照片，是他打發無聊的快樂方法，試探我是否願意回頭接受他？豈知我自以為是什麼正義之士，竟然回信罵他對愛情怎可三心二意，還說我最討厭負心漢，當初既已作此抉擇，並沒有為我堅貞專情，又何必呢？我是好馬，不吃回頭草……他要出國留學前說要請我吃飯，帶著女友一道參加。席間那位同學要挾菜給我，筷子抬到到半空時，竟被他敲了一下，菜掉下桌面，他們互瞄的那一瞬間，深深的印在我心裡。她有B肝我是無意間知道的，那他是不想我被她傳染吧？當然也許只是我自作多情，憑空想像。不管真相如何，他們早已走出我的未來！

他們極有可能攜家帶眷出現在同學會。唉！會不會只有我仍把這些往事當一回事呢？

那高中是女校應該就沒此困擾了吧！就這麼巧，有天做晚餐時扭開廣播，從古典音樂台頻道傳來似曾熟悉的聲音，仔細聽，沒錯，是他，他在為任職的大學做招生廣告。多年後，他終於成了一所私立科技大學的校長。大學時他即展現要站在頂端的野心，角足工學院總幹事的選拔，不知是分配或是他自己選擇，來到我的社團擔任社長。第一次見面就直接說很想認識我。當年，我因同情、還是太過單純？已先接受別人的追求，只好拒絕他那暗示的情愫，錯過了可能會締結一段良緣的人！後來他交往的女友，竟是我高中同學，或許他曾跟她告白過對我的傾慕之情吧！否則這位高中同學怎會無來由的詆毀我、中傷我呢？在高中同學圈內傳述著有關我的諸多莫須有的流言：我竟成了水性楊花的女生，常常跑到理工學院去旁聽等等……從高中好友處輾轉聽聞她對我的惡意耳語，彼時那顆少女的心碎裂有聲，她的愛情關我何事？何必用這種方式捍衛她的愛情呢？我與她在大學裡也只湊巧碰過兩三次面，亦無寒暄，她從何處得知連我自己都不知的行蹤？

情路上一路傷痕，都是這樣的錯過。

少女時的我老是視人不清，徒有一雙大眼睛，大學好友常笑我該去看眼科，倒是中肯！我為何總是明明了解卻沒有勇氣選擇對的人呢？嘗盡了愛情中大部分的荒謬，至今仍耿耿於懷。這些同學的愛情是否修成正果與我無關，若真遇上了，我敢正眼瞧他們，他們未必敢正視我，所以歸根究柢，我就是自卑情結作祟，無富可炫、無名可耀！如今，管它是春水還是秋水，皆非我此老姝攪得動了。同學會，索性，不會了吧！

原載二〇二一年《更生日報副刊》

欲寄彩箋知何處

隆冬風寒，暖意更易烘焙。你藉著在我歲末的生日那天，邀我夜遊成功湖畔。我們藏身在羅馬造型圓拱門柱旁。你攜來一個小蛋糕，為護著幾根燭火，額前髮梢險被焦及。空曠草原吹來的冷風讓我們不得不豎起衣領，在浪漫作祟下這樣的凜冽更燒灼起感覺。你手上的吉他彈出專屬於我十八歲的生日快樂，明滅燭光中雖看不清你的眼神，但若還無法從你費心的安排中感受出箇中情意的話，那我還真是那頭你對著彈琴的牛呢！你問我：可否聽過「阿罕布拉宮的回憶」？「我練了一陣子，彈給你聽！」從此，這首訴說悠遠情思的吉他曲，在多殊劣的人生中，成為我痛哭的催淚劑。即使我的哭聲早已不在你的樂曲裡了！

我開始往十九歲邁進的每一天，天候也漸不遠春天了！你或透過女同學直接送信到我手上，或是在女舍門口攔阻女生幫你投信；偶爾會到教室親手奉上，而後帶著靦腆揮手離去。每天用不同方式送到我手上的信，恰一步步牽引我走進春天。春日裡我徘徊在你信函裡古典的詩情畫意中：晏殊「無可奈何花落去，似曾相似燕歸來」的小園香徑；強說「往事知多少，小樓昨夜又東風……一江春水」的少年多愁；心緒清明時看到的「兩個黃鸝鳴翠柳，一行白鷺上青天」曠野風情；同追安平運河的「向晚意正適，騎車遊古河，夕陽無限好，佳人雙飛翼」……你手書裡微餘的溫度，足以驅走「羅幕輕寒」，同時我彷彿也握到「燕子雙飛去」的幸福。你擅長借古詩詞傳達欲訴且怯的情愫，有時厚達五六張信紙，大小紛呈，稿紙常是你夜深傾訴的用箋；若是撕下的筆記本，當然是課堂上偷來的即興謔作。或圖或文，你如何裹裝自己防寒的自畫像，上課中台上教授高處不勝寒的模樣，男舍門口的校狗如何搶得骨頭的情形，生活中尋著了一點點的趣味，你都不忘與我分享。

讀你的信，心湖裡盪著朵朵漣漪，一首首風裡不墜的歌，響著。

你深知我轉學的心意從未改變，信裡隱藏著不願張揚的憂慮：「昨夜西風凋碧樹，獨上高樓，望盡天涯路」濃烈的孤獨升起！你寫著：「若妳離開台南，蓬萊此去無多路，青鳥殷勤為探看。若妳離去，台南的天空將碎，我非女媧，無力補天……」人未走，離愁似深。你的信漸漸換成印有校徽的正式信紙了：「無言獨上西樓，月如鉤」那鳳凰花開鎖炙夏的寂寞彷彿也正式宣告！

回家過暑假的前夕，你仍送來對我轉學如願的祝福。一北上，我便忙著到老媽託人為我倩說的鞋廠打工，一邊準備轉學考。信箋不能立即送交的暑假，你仍切切郵遞「問歸期未有期」。

大二開學，轉學考鎩羽而歸的我，思及你那台南的天空將無須補綴，而沖淡了一些遺憾！諸不知你的飛鴿已悄悄傳信給學妹，一位我帶入社團的新生。雖然你和學妹一致對外解釋：「她從未真正接受過他（或我）……」

對你快速替換女媧、共剪西窗燭的人，感到震撼。然而，保持優美轉身一向是我的專長。「話巴山夜雨」的惆悵，如透著光的檸檬薄片，一絲一絲的纖維交織追憶的情愫，掛著稍不小心就垂下的淚汁。

我能理解「莊生曉夢迷蝴蝶」的虛實無常，何嘗不知愛戀的惘然也是必嘗滋味。錦瑟五十弦並非無端，一弦一柱少了彈撥，華年的旋律何在？只是那個洋溢夢想與少女純情的年代，唯你解闊懷、商略古詩詞……不免想問：自別後，卿佳否？嘿嘿！這倒換我來詮釋「欲寄彩箋兼尺素，山長水闊知何處」了！

原載二〇一九年三月《更生日報副刊》

遐思

再聽到他特有的嗓音時，我是充滿感謝的。十八年來縈繞心頭的情繭，因為他朗朗的回應，有了和解的出口。內心雖已翻騰數回，臨到頭也只淡淡的表示：「謝謝你願意打電話來，讓我確知你收到我要表達的歉意。」他說：很多往事，都壓到腦後。他一點也不恨我，我並沒有欺騙他的感情，只是從未接受他罷了！

漫長歲月裡，誰不會有滄桑呢？但因人之慣性和韌性，必然也會琢磨出一帖帖的「裹傷藥膏」了。這一池十八年前黯然嘗過的春水，有必要攪動嗎？曾經滄海難為水的遺憾，在數日徹夜長聊後，多少往日情懷呼之欲出，海闊天空漫談，竟已晨曦，依依放下電話，真有恍如隔世的淒迷，覺得前世情人今生來聚首的夢幻。

有一回，他問道：什麼時候又想到要寫信給他？「其實在寄出那封罵你的信後不到一年，我覺得自己根本沒權力罵你，若要判定你是腳踏好幾條船，我不也是嗎？」他敘說回憶：「那時你那封明信片是寄到公司共同信箱，記得同事拿給我時，還大聲嚷：『有人罵你花心，負心漢！』」我在電話中輕笑一聲，追問：「那你為何不辯解？」他苦笑：「小姐，你說嘛！人家都寫要跟我恩斷情絕，毫無轉圜餘地了，照你的個性，當時一定也聽不進去我的解釋吧！我那樣對待人家，卻惹來這樣的結果，我依稀記得，心很痛。」我把話接完：「還故意用明信片寫，有昭告天下的用意，真是居心不良噢！」

回憶是一種折磨！一頁又一頁因為擱置過久而緊黏心扉，如今要撕開總是要費點時間和方法，即使撕得開，多少也會殘缺破損吧！

他說：「我對你的感覺其實心裡很清楚，那年的秋天，我踏進社門一看到你，就被一見鍾情的電流震攝，開始想去接近你。那時我並沒有人家所謂的『女朋友』，那個女孩是同鄉的，認識很久但偶爾才會聯絡。不過我雖然很熱情追求你，但你卻常常冷冷的，我那時很怕惹你生氣，對你的冷漠也很傷心……。」在最後一次電話長聊時，他說，輾轉反側了好幾天，決定告訴我一件事：「第一次當兵的假期回校看你，你的不悅與排拒深深的刺傷我，我就負氣的和『女朋友』發生關係，這一直是我心中的痛。我想還是跟你坦白，在你決定要不要再接受我的追求之前。」他繼續訴說對我始終猶存一份眷戀，在畢業後，他仍會南北往返約我見面，雖然知道我那時有個交往三年多的男友。「因為心中仍有你，和女朋友最後決定分手了。沒想到幾個月後，就接到你的斷交信，我只能苦笑，又能如何？」

千迴萬轉的記憶裡，不經意的悔恨、遺憾和自責，總是輕易的將我淹留，而他在我的回憶裡，確實是有那麼一份不離不棄、似水涓涓的柔情；但我該勇敢的接受他這份「重逢之愛」嗎？這份愛情是會蒙上天眷顧？還是會遭受更大的折磨？情不自禁，已讓理性思考無用武之地了，愛戀的翅膀常不自覺的展翅在四月雪白的油桐花間，熟悉的親暱，宛如磁力超強的吸引著彼此的相思。

生命於我總恰似剝洋蔥的辛辣嗆淚，我以為少女情事的足跡，已被自認看破此生而故意擦拭了！沒想到，在一次回娘家整理舊物時，竟找到昔日他寄給我的一封長信。信裡娓娓細訴從他對我一見鍾情起守候那份情感的心路歷程，信中的表白與十八年後他在電話中的自述竟不謀而合……透過真相的發現與證明，我緊抱著信潸然落淚，似曾相識雁歸來的情緒排山倒海而來……此去經年必要相濡以沫了，我暗下心意。

他說，我對他比死心蹋地更令他動容：「我常想我們的未來不可知，但無論如何，我要好好待你。」他強調他也是用生命在愛著我：「只要能與你在一起，我就心滿意足，就像孔子說的朝聞道夕死可矣的那種感覺。」但時空相隔的無奈，常讓我們無力的想大哭一場。他情溢乎辭的簡訊、郵件，常是我思念他時百看不厭、慰藉溫存的依據。他說：「腦中經常盤旋著我們相處的情景與綿綿的對話。我不知我們是否是命定的戀人，但願宿命這樣的安排，不至讓我們太苦，更願彼此隨時能保持美好的心境，快樂相隨一生。」跟他在一起是再自然不過了，就跟他說：「以前不會想去了解自己的前生，現在卻很想知道前世跟你到底怎麼了？」他開玩笑：「也許是互相欠債，要三生三世才能了結喔！不然怎麼一封信竟牽引出這麼深的感情呢？」有次聊天中他竟失笑：「真是奇妙！這一年跟你說的話，比我過去四十幾年說話的總和還多呢！」

美好，浮雲白日，耀眼，或也像浪花破滅剎那。

攜手走到貓鼻頭海角，那藍海凝眸的午後，是他多情深邃的眼盛接了我那澎湃如海遼闊、綿亙的柔情，在他溫柔的擁抱裡和著他有情的歌聲，我萌生與子偕老的遐想。那夜，攜手漫遊愛河，看著倒映河面的璀璨流光，真有天上人間的感慨：「我們也會是一對美眷吧！」他用深情的吻回答我。

聚散是生命常態，每到分離時，想到「千山同一月，萬戶盡皆春」的人間景象，總是愀然，他便問道：「哪裡是我們的家？」當想他更緊時，就有種強烈的心聲想對他訴說：「只要有你陪在身邊的所在，就是我的家。」我想，西子灣的夕陽與微風，都把我無限的愛，乘桴在輕柔的風浪聲，一波一湧、一句一句，在他耳畔絮聒。那燈塔的明光，有朝一日也會引導我們的愛，依泊定錨在最可靠、幸福的港口吧！

原載二〇二一年《更生日報副刊》

最想念的聲音

「老師，你想不到吧！我們好不容易才聚在一塊兒，就是要錄音送給你耶！祝你生日快樂……」我一邊聽孩子們寄來的錄音帶，一邊已淚流滿襟了！這群有創意、重感情的小朋友多讓人想哭啊！充滿溫馨的祝福詞、盈盈的歡笑，最後還合唱了「生日快樂」……前塵往事便歷歷浮現眼前。

初教小學時，我帶的是大雅鄉一所小學四年級。校園的確「大」，整日塵沙飛揚，而校園的「生態」就像一場激烈的人性鬥爭。老師們為了爭取「明星老師」金字招牌而彼此勾心鬥角，想從別人身上得到半點教學上的支援簡直就是癡心妄想！我還記得那時月考是互相交換監考，由監考老師批改該班考卷，每次都為了芝麻綠豆的枝節吵翻天，甚至惡語相向、互不往來。例如「月」右邊的「橫折勾」那一筆，沒勾起來要不要算錯等等……這、這算什麼教育啊？我無法認同但卻寡不敵眾，因此被視為異類。

就在這種孤立無助的環境下，剛到小學任教的我，獨立和五十多位孩子切磋琢磨了一年，但不用棍子教出來的學業成績，似乎是遠遠不如其他班級天天吃「竹筍炒肉絲」兼課後補習的成效，全班總平均排名總是在中後。因此當這群孩子升上高年級後，我便被發配到

「邊疆地區」——離辦公室最遠的教室教一年級了！

那年的耶誕節前夕，孩子們到教室來找我，跟我約好聖誕節要來學校，說是「祕密」！當我到達學校時，他們已經在烤肉，早已炒好了麵和一盤青菜。準備了這麼多就是為了幫我慶生。大家紛紛聊起高年級班上的事，不約而同都下了個結論：「還是老師你最公平，不會誤解我們。」飽食後，大家打了幾場籃球，才依依不捨地揮手道再見！

後來我帶著失望、難過和期待的心情調職他市，孩子們也常寫信來，或偶爾打電話和我聊天。

當他們升上國中二年級的那年，心血來潮，竟然想到這個妙點子，合作錄了一捲錄音帶送給我留念。他們或許不知道，在多年之後，他們的聲音不論是說、笑、唱，對我的教學生涯來說，就像是沙漠裡的甘泉一般，鼓舞了我幾度因灰心而想放棄的教育工作。

原載一九九八年十月《國語週刊宜古宜今》第八八七期第十五版

校園裡的怪現狀

校園的現場

惡質化的國小校園裡充斥著各種光怪陸離的現象，有老師拿著考卷一考再考，有老師不斷地做緊急重點提示，原來，考試是為了老師的面子而考……

許許多多校園裡的怪現象，幾乎可以編寫成一冊「二十年目睹之教育界怪現象」！

是你嗎？一定不是我！

早晨開會時，教務主任說：「我們老師常被家長打分數。很多家長搶著要到某位老師班上，相反的，也有的家長不喜歡孩子讓某位老師教。尤其是越低年級越會挑老師。今天一大早就有位一年級雙胞胎的家長要求轉班，他說那位老師看起來『ㄋㄨㄚˇ ㄋㄨㄚ』……」

主任那種搧風點火的語氣，馬上就在一年級老師的心中、表情和語言上沸騰起來。鄰座的謝老師馬上就撇清：「『ㄋㄨㄚˇ ㄋㄨㄚ』的意思就是好脾氣、很客套。那一定不是我，我的聲音最大，聽起來就知道很兇！」也有人重複喃喃自語：「我的班上可沒有雙胞胎喔！」

大家一時都忙著自清，眼神不停地在其他老師的臉上逡巡著：「是你嗎？一定不是我。」

到底是考老師，還是考學生？

每次月考，小朋友不見得有何改變，倒是老師如臨大敵，各個卯足了勁，天天印考卷小考，餐餐「竹筍炒肉絲」侍候，弄得師生氣氛緊張，校園裡也陷入一場乒「慌」馬亂的戰役中。我常想：「到底是考老師，還是考學生啊？」

這位應該年過知天命的教務主任，真的是唯恐天下不亂，他說：「如果你們班平均成績比別班低，難道家長會說你很會教嗎？他的孩子會讓你教嗎？所以也算是考老師啦！」

沒辦法，大家都要面子嘛！另種校園叢林生存戰鬥正在虎視眈眈上演，師生都難逃此戰！老師也都想得到那面鑲著名利、炙手可熱的名師招牌啊！全班平均九十八、九十六分，每個學生幾乎都是前三名，家長樂得可到處炫耀，還會千拜託萬拜託關說把孩子擠進來，學校也受益啊，當然就會賞你一張「優良教師獎」、「默默耕耘獎」囉！你校外的補習也可大發利市，這種名利雙收的「好康」，誰有能力抗拒啊！

大家都只看見已經明顯惡質化的國中教育，卻不知小學校園裡充斥著各種光怪陸離的現象，卻乏人問津，任其氾濫自腐！

你看吧！辦公室也如戰場了！十二班的老師上次月考因沒注意到字形的教法，得到慘痛的教訓，全班國語竟無一人九十五分以上！這次月考輪到她改三班的考卷時，竟然吹毛求疵起來，在字形上大作文章。例如「聲」的左上角是「士」不是「土」，「肯」下是「肉」非「月」也，「有」的右邊是橫折勾，沒有勾——錯……，扣得三班老師火冒三丈，也如法炮製，一連串的骨牌效應，讓大家氣得互相指責批評，足足罵了三、四天方歇。

補習洩題、閱卷不公、難解的心結層出不窮

接著斷斷續續傳出一些小道消息：有老師印和月考題目一模一樣的考卷讓有補習的學生一考再考；有老師趁拿到考卷時，趕緊回班上做考前重點提示；有老師秋後算帳，算出問題，引起家長不滿；有家長告到校長室，責怪老師監考不嚴，讓她的孩子原本對的答案因為偷看別人的答案而改成錯的，以致無法滿分；有家長罵老師閱卷不公，答案沒有統一標準……眾說云云、呶呶不休。

老師之間亦不乏因出考題、閱卷等意見相左，而鬧得結下難解的心結，此後形同陌路、視為敵寇！

學生呢？有的說：「平常也不用多認真，只要你有補習，到時月考題目都是寫過的啦！」有的說：「我們老師很會猜題，到時一考再考，不會的才白癡呢！」有的認為：「有

什麼好高興的？我本來比他強，我們老師一洩題，餵鴨子式的考試，他竟然跟我同分，這算公平嗎？以後我也不用太努力了！」

這等亂象，當然是咎由自取；但始作俑者的罪過，誰能想清楚？誰有警惕心呢？

原載一九九八年六月《人本教育札記月刊》，筆名黃苓。

最溫暖的辦桌

二十八年前我是個初到異鄉教小四的菜鳥導師，不懂人情世故，被現實狠狠的修理。那時代，全班月考平均分數須全校排名，為了讓分數衝高，同事無不採取填鴨、體罰以及補習的方式，唯我不補習也不打人。孩子往昔被動的讀書習慣一時之間當然無法扭轉，五十五位學生的平均成績，可想而知教人汗顏！新學年度，我便被分配去教一年級了。

以為重新編班升上高年級的孩子就此散開，沒想到，那一年的聖誕節，他們神秘兮兮的邀我到學校。一踏進教室後的樹林——哇，我有沒有看錯啊？有人在包水餃、有人在炒高麗菜，還有家長自製的炒麵、滷豆干、滷蛋。有人忙著搬椅子過來：「老師請坐，再等一下！就剩酸辣湯了！」他們簡直是辦桌大王嘛！孩子們在樹下擺起圓桌，鋪上美麗的桌巾，「等等，還有蠟燭喔！」一切就緒，這群可愛的孩子圍著我，大聲喊：「老師，祝您生日快樂！」「老師，菜好吃嗎？這是我們第一次辦桌喔！」「多吃一點喔！老師你不要把眼淚和鼻涕加到菜裡面了！」

孩子們！謝謝！這可是我踏進教育界一路走來，吃過最溫暖的「辦桌」！

原載二〇一七年十二月《更生日報副刊》

穿越無聲之愛

生活是重複的堆疊，生命最好不驚波，紅塵以最低限速去滾，滾回往事也罷，即使往事只堪回味！

那天匆促走在百貨街的騎樓，迎面而來的一雙眼互看兩三秒，她對我笑，我也拉開嘴唇，「嗨！老師嗎？」老師，這是最近最該隱藏的職業別，我瞻前顧後確定她問的是我，腦筋忙翻動記憶系統，搜尋無效，尷尬輕聲問：「請問芳名？」「我是龔心芳！」咬音不很清晰，幸好記憶體還堪用——搜尋到模糊的影像：二十三年前我請調到市區小學，同年級前兩班的資深女導師，人高馬大且身兼組長，熟諳編班、排課、整潔區域的分配等行政事務，「任人擺布」是我已替自己打好的預防針。所幸貴人也無所不在，心芳和她的家人就是我的天使。她是位帶了助聽器也不見得能聽清楚，連帶也影響了說話的聽障生。她的父母為了全心照顧她，在學校圍牆邊開了家餐飲店，很積極聯繫我去家訪。店面擺設幾盆的綠意，高低處掛了小木屋，很療癒的色彩。我尚未拉門，心芳和父母親就衝出來，簇擁著我進入家的溫馨裡！原來，門前的木作屋是心芳的親手作，造型千變萬化、極富巧思！母親緊緊握住我的手，一口氣訴說完孩子的故事，她懷疑是懷孕中染上德國麻疹，導致產下聽障兒而愧疚，因此他們積極參加聽障團體，及語言治療的課程，力促政府補助助聽器費用，出版有關聽障知識和活動的雙月刊。心芳雖聽不清爸媽的聲音，但是感受到滿滿的親情。他們倒是希望我對心芳一視同仁，還不時提供相關的新知，正是我上關愛和感恩課程的寶貴教材。

心芳在愛的滋潤裡成長，性情溫和體貼，很得同學的歡迎，當選整潔和學藝股長，是我得力的小助手之一。畢業前，我規劃的感恩活動，除了對師長和同學的回饋外，還請孩子寫封信給父母，也請父母回信鼓勵孩子更上層樓。畢業典禮前得到心芳和其家人的首肯，請心芳上台讀出她們的信。我們雖然無法在她詰屈聱牙的發音裡，明辨每個字，這非但沒影響大家聆聽的態度，連平日較沒耐心的孩子剛開始憋住笑和我對視，最後竟然也紅了眼眶。我環視每個人：紅了眼的、擦淚的、陷入沉思的……彷彿聽到有種愛穿越了時空，駐足在那一刻。

她也記得這件事，還用手寫告訴我：「高年級那兩年是她最快樂的時光，跟大家打成一片的自在是她一直想要過的生活。」

原來作為人間，驚嘆詞毋須多，不如平凡一朵雲來雲去。

原載二〇一九年十二月《更生日報副刊》

老師的鬧鐘也壞了

八點鐘聲響完，教室仍留有幾副空桌椅等不到小主人入座，晨光故事已進行十分鐘，這些個還沒在校園登場的角色，應該都還在夢裡跟周公猜拳吧！這是有一回遲到一個小時的李軒給我的理由：「我跟周公玩剪刀石頭布啊，兩個人一直平手，周公不肯讓我走啊！我急到想尿尿……」聽者莫不笑到人仰馬翻，這孩子一整天都被追問：「那你到底有沒有尿下去？」那我得趁他們還沒尿床前趕緊叫醒他們囉！小朋友同步聽到我講電話，等我一一聯絡、上網填畢請假名單，回到講台，抱歉的笑容還掛在臉上，「查理王子」立即發言：「老師好像鬧鐘喔！一個一個叫醒他們。」比喻恰當，但惹來吐槽：「你也常被老師打電話叫醒喔！」王子急忙解釋：「因為我的鬧鐘壞了嘛！」接著做了個不好意思的鬼臉，又惹得全班哄堂大笑！

見識夠「小一」孩子的天真，不成仙也成佛！上一秒還乖乖地上課，下一秒突然來個驚叫或大笑大哭，明明他們的生肖不屬雞和狗，一整天下來，雞鳴狗盜的事雞零狗碎個不止，天天吵得雞犬不寧，難有雞犬桑麻的太平！別看他們這群豬朋狗友常常同夥玩樂，一有不平，可是不管你忙著處理聯絡簿，還是急著上傳時限在前的成果報表，一群人氣轟轟的衝近你桌前，汗流滿面對你大呼小叫：「他輸了都不當鬼啦！」「你們是有看到老師也在玩嗎？我怎麼可能比你們更知道他為什麼不當鬼？你們問他了嗎？」一番話點亮了他們的智慧，靦腆對我笑了笑，轉身推著不當鬼的邊問邊再赴操場，畢竟下課時間才是吸引他們來學校的磁力。

可不是每樁事都如此容易排解喔！碰到「雞爛嘴巴硬」的，問不出所以然就算了，還顛三倒四完全打亂所有的邏輯，往往氣到「仙人跳」（氣到仙人也直跳腳）！

你問她：「是發生什麼事了嗎？怎麼這麼晚才來啊？」她還在下床氣呢，翻個白眼，嘴唇左挑右努，一聲不響。有人代答了：「她媽媽都在警衛室餵她吃早餐！」這已是全校皆知的「秘密」。我委婉跟家長溝通多次，也提供早睡早起的策略，「八點檔警衛室早餐巴」依舊開張！

換問「小可愛」，她雞哩咕嚕：「老師，我跟你說，都是爸爸啦！把我們家的狗狗不小心丟在公園裡不見了，找到好晚，害我睡過頭！」下次問她：「怎麼遲到了啊？」她左顧右盼後神秘兮兮地說：「老師我跟你說喔！我媽媽來找我，帶我去玩，還買玩具給我耶！」「你爸爸知道嗎？」她笑得好忘我：「當然知道啊！我媽媽是他的第二個老婆，年紀差很多，是不小心懷我才結婚的，我三歲前她就離開我們了，爸爸說媽媽才二十幾歲，還愛玩，就讓她自由吧！」是唷！我看過她的哥哥和姐姐，家長也稍微提過他的婚姻。

佩服她轉移話題成功，按讚！

有幾回中午放學沒人來接她，聯絡不上家人，我便把她留在教室裡午睡、寫功課，削了幾支鉛筆給她：「妳的筆是不是也被狗啃禿了？我的老花眼快看不清妳的字了！」後來阿公來了，又是道歉又是感謝：「我身體不舒服去醫院，等很久才看到診。她爸爸開小吃店的，中午過後很忙！」我用理解的笑容回應。

李軒也常要我當鬧鐘，他的媽媽常一派優雅地把他送進教室，也不管老師已經上課許久了，還是要解釋幾句遲到的原因，不外是李軒不舒服就是妹妹肚子痛等等。我說：「我了解！」了解背後沉重的憂傷，李軒有次跟我博感情時透「漏」：「我和妹妹常常半夜被媽媽叫醒，我爸不知又到哪裡應酬喝酒了？我媽開著車到處找，整夜都沒睡。老師你知道我媽其實是我爸的第三任老婆嗎？」老師可不是萬事通，或包打聽喔！我問他：「你現在要不要先睡一下？」

至於「羊妹」不管在功課或才藝方面都是班上數一數二優秀的，但她遲到的次數可會讓我這個鬧鐘提早告老還鄉喔！好幾次打遍檔案裡所有留的電話，仍無下文，只好通報學務處，到了十點多爸爸送進教室了。後來媽媽來電說：「真不好意思，我們羊妹一定增添您很多麻煩，都是我生病的關係，我現在人在醫院治療，是胃癌末期……」我安慰她：「羊妹很貼心，把自己的事情做得很好！」剛剛我才把她的長髮梳理好、綁上馬尾。我記著她今年的願望：「想要有台照相機，可以幫漂亮的媽媽照相。」遂從抽屜取出相機包放在她手心：

「我換新相機，這台舊的送你好嗎？」她把相機抱緊緊的，直點頭。聰明的王子探過頭看了我的抽屜一眼，說：「老師的抽屜好像百寶盒喔！」我們的王子今天也因阿嬤身體不適遲到了，下課賴在我旁邊抄聯絡簿。我笑說：「你看，還有三合一麥片和全麥餅乾喔，還沒吃早餐的拿去泡！」隔代教養的王子家境優渥，據去過他家的李軒描述：「他家好幾層樓，好大好漂亮喔！」當空姐的媽咪常常帶回新奇的文具，爸爸是駐防外地的軍官，平日就靠阿嬤照顧王子和妹妹，作息自然就不規律，行為也格外要費心。每次要責罰他時，我努力包裝的怒顏和威嚴往往在他無辜純真的笑容裡軟趴了！

新學期開始，羊妹遲到的情形日益嚴重，爸爸寡言，碰面只是笑了笑。我問她：「媽媽好嗎？」她突然上前抱住我：「我好想媽媽喔！」我抱緊她低語：「媽媽也會想妳的！想她的時候就跟她說說話、畫畫她。老師也是妳的另一個媽媽喔！」

滔滔濁世，哪有哪個避風港永遠是風平浪靜的，眼看孩子背後生離死別的千帆，心酸卻無力；自己的那艘難道就安穩靜好嗎？進廠修理了半年，幸好，淘汰了壞掉的零件，懂得好好保養剩餘的，漸漸可駛入港了！終於回到崗位，好久不見的孩子看到教室裡是我，紛紛圍了過來：「老師你怎麼那麼久沒來？我好想你喔！」我擁著孩子們——大家都在，真好！

王子仍不改他獨特的幽默：「老師的鬧鐘也壞掉了，才那麼久都沒來！我想打電話當老師的鬧鐘，代課老師叫我們不要吵妳。」我輕輕摸他的頭說：「謝謝你願意當我的鬧鐘喔！」是啊！我也要繼續當孩子們的鬧鐘呢！

原載二〇一八年十一月《更生日報副刊》

共我傾聽花落聲

天涼好個秋……這樣的清風習習，讓人想起詩經：蒹葭蒼蒼，白露為霜，所謂伊人，在水一方……

夢飄遠了，還會回來嗎？飛逝的歲月會給我們什麼記憶？我傾聽……傾聽花飄落的聲音，就像時間的梵音。

記憶落在那天導師時間，帶著孩子到操場運動。寂靜的跑道一下子湧入歡呼、歡笑，欲涼又還暖的晨風追逐著純真的笑聲，飛揚。飛起了列隊在操場邊那一叢叢黃澄澄的花瓣，花落在孩子的髮上、衣服上、腳邊……他們追著飄在風中的花、追著無憂無慮的童年。蜜蜜拾來了一朵黃花倚靠身旁，清澈的眼神看我：「這是什麼花啊？」我歪著頭回應：「就是課本裡寫到的臺灣欒樹啊！」「喔，它就是秋天校園的主角。」不捨落花滿徑，經人踐踏成泥，於是靈機一動，跟孩子撿起碎花鋪成一個愛心。鋪好後，大家圍著愛心拍照，孩子感性的說：「我好捨不得弄散它喔！」此去經年，翻閱記憶篇章會有這頁的美好，這儼然也貼近日常教育的初心。

愛，我想，悄悄遞出去了……

男孩子飛奔回報：「那裡有隻大鳥耶！動也不動，盯著我們。」

一群人隨即移往操場末端。「嗨！小鷺打擾了，我對妳沒有任何惡意，也沒有要驚擾妳意思。」我輕柔的吐出童言童語。明廉連忙搗起失笑的嘴。龐麗接龍：「你繼續等待你的食物上門，我只是要來這裡運動，做做操而已哦！」我似在喃喃自語：「我一大早來學校常遇到牠們，剛好我們都是孤單的個體，在這校園，恰巧牠也喜歡這個角落的綠意，不過說真的，我還蠻高興幾乎每天都可以在這小森林裡與牠見面，讓我不致於覺得冷清。大自然是永恆的朋友，不會背叛，除非我們自己先和『他們』決裂。」幸好我的這群孩子都善於傾聽大自然的聲音，習慣和自然界的事物和諧共處。我們漸漸悄聲退散，孩子們或牽起我的手，或前後簇擁我，七嘴八舌提問：「牠有名字嗎？」「黑冠麻鷺。」「牠住哪裡？吃什麼？」「為什麼都不動？不怕人嗎？」「牠是女的喔，怎麼看呢？」最後孩子們自己達成共識：「下一週的閱讀課要找黑冠麻鷺的書來看。」有人又加了一句：「還有臺灣欒樹。」

歲月是有腳的，踏過的痕跡或已模糊，重回舊時場域時，時間的梵音會敲醒那潛浮在意識裡的暖流。如是，孩子們，我也衷心祈願這股暖流時時疏通了你們人生種種的困阨處。

原載二〇二〇年四月《更生日報副刊》

用溫情灌溉孩子

新學期、新班級，首次見面，我便勉勵大家：「我為了抽到好班，煞費苦心，照星座占卜指示，又去拜福德祠，才抽到你們。所以這是老天賜給我們的緣分，大家要珍惜，未來的一年要一起努力喔！」話尚未落地，台下便爆出一陣笑聲，而這笑聲的來源，就是那個中年級就讓許多老師聞之色變、避之唯恐不及的學生！

平時他常和人打架，偶爾也會偷東西、偷錢，但，至少上我的課，還算給我面子，只要我們四目交會，他就會不好意思的低頭偷笑呢！唉唷！連笑也要偷，可見他本性不壞。但上科任課時可精采囉！用三字經和體育老師對罵；在美勞教室對老師摔桌子，還出惡語，罵那位認輔他的輔導組長是矮冬瓜啊！人人均視他為凶神惡煞！而可憐的全班同學遭受池魚之殃，好機會被學校剝奪；壞事被行政人員栽贓……我除了常與他姑姑溝通外，也頻頻找他談話。

一日下午，我請他幫我一起拔教室走廊的花壇裡的雜草，心裡忽然感慨起來，嘆了一口氣！這老兄居然冒出一句：「老師啊！你怎麼常嘆氣啊？會老得很快哦！」我對他笑說：「喔！你的觀察力有發揮到喔！你看，那酢漿草的生命力怎麼樣？」「又怎麼樣！很討厭啊！長個不停，才要我們拔啊！」一副小大人樣！難得他願意跟人家聊，我接著說：「你說得對極了！它們的生命力可真旺盛啊！都鳩佔鵲巢了。但看它們長成一大片也真美！我想，只要自己夠堅定、肯立志向上，家世雖沒有人家好，也可以闖出自己的天地，我常這樣期許你的！」

還有一次，我請他一起去喝茶。他很訝異，一路上碎碎念：「為什麼要請我？我又沒什麼好表現。」席間，我和孩子們閒聊：「你們覺得阿德這兩週有什麼進步的地方？」同學深知我心，從一位善體人意的女生開始，她說起阿德幫她抬水桶拖樓梯的事。其他人也想出了一些大大小小的事稱讚他、感謝他。我轉頭對他說：「這樣子你認為我該不該請你啊？」

其實，我只是希望在他往後成長的歲月裡，能因為想起曾和一位關心他的師長一起拔草、一起喝茶的溫情，可以喚起他仍保有愛和善的念頭，看重自己，並試著去關心別人！

刊登於《國語週刊宜古宜今》二〇〇〇年一月第九五三期第十五版

你看你看，煮飯花開了

長在山野的人不精於慢工細活，喜歡管理粗放，隨風一揚、落地即長苗，野性十足的紫茉莉。紫茉莉俗名煮飯花，傍晚四、五點，一朵一朵開始盛裝彩霞，串起晝與夜、沿著陽與陰的邊陲裊裊炊起菜飯香，彷彿從山谷的缺口滾進一陣陣孩童的興高采烈，沿溪溯流而上豪侈絕艷的生機，不僅在五顏六色的喇叭花放送盎然，那因著花開徐徐綻放的香氣，猶如桔梗花的淡雅，驅使記憶召喚曠野的氣味，流溢滿谷。

那時的山色半掩墨綠半光照，夐遠的山稜和天的接合處，漠漠煙緲，嫋嫋引路，那是我們歸途的座標。

然而鑿開鄉愁的崎路上，無預警的淒風苦雨不時欺淋而下。我們帶有遁世的、不屑爭名競利的情調，纖弱敏銳的觸角總探到不友善，在城市裡煎煮如仙草那墨稠的苦味，從塞滿悲傷的抽屜裡抽取異味的醬料。我們夙有示弱的稟質嗎？生活上的風吹草動都會形成妳厚重的猜忌，在無數的夜裡輾轉出呻吟聲，睏意和數羊的任務拉扯，壓力的車廂節節擠壓妳……咀嚼炎涼世情，反覆為憂鬱症所苦的妳，我是沒辦法隨口勸妳：「只要妳願意，出路就在那裡！」我也知道再多勵志撫慰的文字，也揉不開妳所有的不適感。我們從童年時即有一份靈犀，想互為人生路上的燈塔，如今不在我無心無意，而是妳家人不悅、不願被干擾。

那次尋了半天的空檔我們飛馳回老家，目睹被荒蔓野藤遮蔽了半邊頹垣，不再有門窗守護的家園，你張惶失措，頻頻追問：「怎麼會這樣？我們怎麼辦？」你呆滯的瞳眼睽睽對視，我也難以消化同你一樣快速衰弱和朽壞的家園，當一汪汪憂傷正要蔓延，瞧見磚牆縫隙迸裂出一叢叢煮飯花，展示強韌的生命色彩。

數月後，繽紛突起的驚喜，怎地變成一通驚訝憂心的來電？通過虛弱的聲音我感受到一股已經凍傷好一段時間的淤冷，你總是擔心打擾別人，強給自尊卻勇敢孤獨，堅持保守艱難歲月的底牌，獨自和黑夜冷戰。你會打來顯然已暗示手上即將沒有繩可攀、沒浮木可援！礙於疫情嚴峻，你家人善意拒絕我前往探視，最後連手機也關，家裡電話兀自響著。我想像各種你可能的境況，令人不安的是，全無你的音訊。

妳是我在人間悲歡堪寄的人，嫵媚了我的山居童年，溫柔了我的職場生涯，不想，從童年一直駐足我心的妳，曾在風雨中留下並肩共行的妳，卻遺失在生活裡了。

我恨不得攢碎使你頭痛欲裂的病端、擰走不讓你睡覺的惡魔……拉起你迎向亮麗的陽光、滑向觸目皆春碧的草原，拉著妳再從綻放煮飯花的山徑走過，端著粗食淡飯從城市的荒蕪跑過，跑過山坳，跑到升起鄉愁的夏季傍晚，找到蓬勃的生機！

但，妳好嗎？我頻頻向著空氣追問。

原載二〇二二年九月《金門日報副刊》

城市斑蝶之擬態與迷途

紫斑蝶停棲斂翅時，很難叫人注意；當牠翩翩起舞，眾人無不為之佇足稱美吧！

絨布質感的翅膀，雍容華貴現身，帶有類似三稜鏡分光作用的「物理色鱗片」，經由艷陽照射，從不同的角度看都癡心絕對，原本隱藏在褐色翅膀裡的藍紫色鱗粉，閃耀出淡紫、豔紫或水藍、深藍、亮藍、黝黑；撲朔迷離的夢幻、琉璃光澤，引誘目光緊緊追隨。

那年四月，紫斑蝶正待北返，我竟答應男友，結伴南下到他口中多故事的故鄉，那是我搭車過境不到兩次的城市。他騎車載我經過南瑤宮，他的母校彰中，印象中有條卦山路，有尊大佛俯瞰我們，「這是八卦山地標」。山坡上密佈相思樹，就在被蚊子一路嚶嚶死纏煩躁時，車突然急轉彎，兩旁高過肩膀的草叢上，我正好瞄到一撚撚像是稻割後焚禾的灰燼飄過去，男友說那是「紫斑蝶啦，每年四、五月這裡很多。最大量時，蝶流成瀑寬可達一百公尺喔！」這是我和紫斑蝶的第一次邂逅。

那時我還未能預知：將與紫斑蝶同調不斷遷移。

男友家的舊厝原來是租的，兩層的小樓再也擠不出多餘房間。住的問題迫在眉睫，只好先找間六坪的套房暫居。不到半年，高貴的房租就嚇跑我們，隨即，逐房租而遷徙的路線沿著城市周邊開始點畫。

人際網，不得不隨之牽絲。

我南漂到異鄉，不懂人情世故的厲害，沒拜碼頭就觸了霉頭。別人無事一身輕，我則是教學觀摩、科展、大會舞樣樣得做。不知好歹的我特去拜託教務主任：「我可不可以和別的老師一樣就做一項呢？」換來一句：「叫你做你就做，資淺的還要求什麼？」短短幾字，噴出了腥黏的狗血。

曾經有個社團教練因我班上的學生接二連三退出他的網球隊，氣急敗壞衝到訓導處告狀。當時的主任竟任他侮辱我也不發一聲，逕由我委屈飆淚。直到有位組長經過：「這是學校的事，不該讓家長干涉老師，甚至罵老師！」那個主任才推搡教練離去。

不可否認我是屬於安靜的，多數人恐怕都曲解為故作清高。現實生活，螳螂和黃雀的角色自然有人會扮演，我獨獨缺少獵人和保護色的概念，以前單純的生活環境，並沒機會培植出我的小心機，眼下時局也並不允許單純的人說三道四。

從紫斑蝶幼蟲咬開卵殼起，一個弱肉強食的野蠻江湖於焉廝殺。紫斑蝶卻早已預見險惡的存在，慎選產卵的地點，讓牠們的幼蟲寄主在桑科那些會分泌大量乳汁的植物，就近蠶食這些有毒植物鹼，修煉獨門毒功以保護自己。

無奈我的素樸和淡泊，施展不出古墓派的五毒大法。

但若早點知道：紫斑蝶藉著假死時身體不動及保護色融入週遭環境，以逃避天敵捕食的方法。我是否就能想出擺爛的騙術，滑膩閃躲一個個儼然是校園的霸凌呢？當然所有的早知道不過是追悔的一廂猜測。

早期小學校園封閉，校長在學校「喊水會結凍」。走了個替女兒拉保險的校長，來了個將午餐納入他轄管的校長，將近四千人便當的清潔費，是筆動心的收入。在地的老主任宛如土寨主，根深固著，不容翻土。不順者如我，連續教兩年一年級，警以留級列管！

紫斑蝶不適合冰冷，牠們死亡的臨界溫度是四度C，正常活動溫度是十五度C以上。在這大陣仗喊水隊的作風下，我差點凍死。幸好當時有幾位算還敢仗義緩頰的同事。

紫斑蝶的垂蛹外表，呈現金黃色有著鏡面質感的金屬光澤，是為了混淆視覺求避敵。我明白可以鍍上敵營的色彩欺敵，可惜這非我拿手的演技，僅賸另擇棲枝的手段了。

秣馬厲兵於各項比賽和研習，勢在必行，累積分數才能參加調校的遊戲。同時深感小學的專制瑣碎極不適合我，遂報考彰師大中等教育學分班。取得任用資格後，雖透過先生業主的關係找到省議長，幫忙寫推薦書，但在當時高中職校長有任用權的法令下，毫無貴冑親屬直接關係的，閉門羹必然嘗到膩。有天先生悄聲商量：「朋友傳話要三十萬，要不要？」我義氣凜然：「用錢換來的講台，我怎講得出來什麼孔孟倫理道德啊，難道要戴面具上課嗎？」臭書生的脾性常使好機會與我錯肩而過。轉戰高中職無望，一蹉跎，我跨過而立之年了，已屆高齡產婦，得趕緊轉職為人之母吧！

花若精彩，蝴蝶自來？據我所知，很多蝴蝶的食草植物並非花色繽紛或香味馥郁，主要考量還是育嬰食物來源。

懷孕初期恰好成功調入市區學校，考慮到一有孩子不宜再過賃屋族，先買了間郊區的小套房，住到臨產，深覺侷促的空間讓人窒息，加上套房大樓出入複雜，搬家的念頭又啟動了。

坐滿月子便遷居到二十年屋齡的四樓公寓，我升為人母，正式加入職業婦女行列。

大學室友來電：「你常搬家哦，電話號碼常常換。」比起每年必得遷徙的紫斑蝶，我算是小咖啦！

臺灣紫斑蝶是全世界唯二會遷徙的蝴蝶，一年遷徙兩次，清明節前就準備北返，依照傳統分成山、海兩路線，八卦山和大肚山就位在北返山線的生態廊帶上。蝶道歷經多少歲月調整卻不多，若有宿命，人也難以走出既定的桎梏吧？

比我想像中還有禁界的教育界，在我小小的眼界裡投下大大的問號。

自認具姿色的教學組長，緊拎花蝴蝶的本能，而也總有見色獵喜的男長官，為她開幾道方便門。她違法在補習班教作文，自詡是學校語文第一把交椅。在她往仕途邁進的路上斬荊灼芒，舉凡對外的比賽她都要掛指導老師頭銜，好快速累積主任甄試的積分。她曾說：「不順我者，我定報復。」逆我者亡的下手果然刀刀見骨、槍槍撲面。我對所謂的因果報應觀，全都粉碎在她身上。一個個詭譎、獰惡的笑，竟可以裹藏她身上肅殺透徹的嚴寒。她，鬥走一批批威脅到她仕途的老師，一路平步青雲地考上校長。

紫斑蝶嗅到冬寒，就悄悄束裝往南飛，尋找溫暖的懷抱，等待隔年春風吹拂，再度舞動殘破且褪色的翅膀。離開幽谷前大量的交尾，隨著南風前仆後繼往北進，一路產卵，完成生命的繼與斷。

我也想保有可敬的溫度，沉默的尊嚴。我不忍想像人性最後會走到何種殘酷的境地，唯能想像：憤恚怨恨應會得到怒目圓睜的金剛菩薩慈允，哭訴和指懟一如竇娥冤報的天理，我用了托爾斯泰的「老天有眼，暫時不語。」這句經典支撐自己。

不語？生活中的確充斥語言的畏懼，生命的春暖不能只依賴讚美和幸運。

在中二高大甲交流道一帶，尚未擬定「紫斑蝶輸運計畫」，以「車道讓蝶道」的思維前，紫斑蝶屢屢因飛得過低而魂歸於此。

匍匐與爛事相纏鬥，無啻於蝶飛過低。於是我又積極等待振翅的氣流來臨，再次選擇棲地，一樣屬麻園頭溪中游的中型學校，較幸運的是遇到「有肩膀」的老校長，他的歷練提升解決問題的高度和暖度，可惜沒共事幾年，老校長就退休了！同質性太高的校園裡，長期單調重複的模式，型塑出以踐踏別人來抬高自我的思維，在教育現場不難發現反教育的言行。同事間最常流動的話，不外就是：「這個家長不會這麼不講理啦，以前跟我配合得蠻好的啊！」言下之意是：你溝通技巧不好。「他雖然壞，但在我班上還不敢這樣！」炫耀：他比你會帶學生。更陰的招數：「這個老師，很嚴格、擺爛、有憂鬱症喔……」像蜜蜂般嗡嗡嗡，大量搬弄似是而非或道聽塗說。

歲至秋黃，紫斑蝶借東北季風南遷，往高處飛、遠離人群是避凶趨吉的祖傳家訓，擇山稜、越過屋頂是必須的，如遇平地也莫偷懶，保持離地約一、二公尺加速前進。人，算是可怕的敵手。

世事堆疊啊散播嗆人的金灰，嗆著我不斷在城市邊緣吶喊、閃躲。

隨著調校，我再次遷居到大肚山下的大樓，從九樓高的窗台眺望出去的筏子溪畔，苦楝樹蓊鬱蒼翠，白鷺鷥時而盤旋到八角窗前。

可以借我一雙翅膀嗎？好讓我趕上紫斑蝶下一班過境的旅程。

生命不停滾動，蝶史必經卵、幼蟲、蛹、成蟲四階段，為完全變態類的演化。生死疲勞，極致表現。

斯氏紫斑蝶在紫斑蝶圈裡屬「龜毛」一族，幼蟲的唯一食草是羊角藤，只能循著稀有的羊角藤南北遷徙、產卵。難道牠們從沒想過換個口味嗎？從沒想為路邊的野百合停留的衝動嗎？

有時積累過多的壓力就像滿弓的弦，繃斷。那斷翅的蝶仔漸漸走向永遠的休憩站。半空翻轉墜地，蝶翅的色彩逐漸黯淡，生死的流浪注定是驚心動魄的收場？

當初帶我南下找故事的人驟世，青空驀然乍現雷電，不知所措的怔滯，朦朦朧朧的蝶翼薄薄撒開，在月色裡、在豔陽下，不可抗力的宿命、無可奈何的試煉。煙火喧騰，誰能白首不離？

我帶著孩子繼續往城市最高處遷徙，選在大肚台地斷層線上常湧出泉水的「井仔頭」落腳，首要考量是存款不足，那時算是偏鄉的大肚山，房價雖較便宜，仍得靠娘家及時送炭。

實質的碳排放量不斷刷新高溫紀錄，一向追索溫暖的紫斑蝶，也轉向蔭涼處吸食花蜜，據蝶類專家調查，近年來更有往中高海拔山區移動的趨勢，北移也提早到二、三月。

煙花三月，我與紫斑蝶在大肚山再度巧遇。

花園公墓旁樹叢，氤氳林間篩下浮動的光流，點點紫藍色的蝶影穿梭，我在藍紫色如絲絨般的翅膀裡想像夜空的瑰麗，將密布的斑點幻成一顆顆閃爍的星星。而我的善良、寡辯可曾得到星光的應許？

善良常以擬態欺身，沒有底線的心軟會讓「擬善者」有機可趁。所有加諸身上的無理都是磨難也是磨練，看能否就此磨出一面光利的照妖鏡？好讓自己看清人界的魑魅魍魎，可以照見一片星光，悲憫諦視苦難中的人，縱使是行在蜿蜒曲折的生命途中。人類對保育動植物設想的體貼，進不了人際社會，粗暴對待不曾少過，然而了解障礙已存在，唯有攀越過去才能繼續前行。

班雅明《動物花園》寫到：「對一座城市不熟，說明不了什麼。但在一座城市中迷失方向，就像在森林中迷失那樣，需要學習。」城市時而霧漫、時而激雨亂雲，弄得老在遷徙的我常迷津，無助到蹲地痛哭。懷疑自己若喪失求生的伎倆，飛越不過人性崩壞的高度，就會墜落在道德和正義失速的道路上？

清明雨絲，無語織著蒼茫，紫斑蝶睜著困惑的眼神與我對視，在遷移的路上。

驀地，我跑起來，高聲追問紫斑蝶：若可以自由選擇，會做什麼決定？遷徙到不必再遷徙的地方嗎？是嗎？可以嗎？

人間大書房

對個遊子而言，只要能讀書的地方就是我的書房。餐盤收拾後的長桌，擺上筆記型電腦和書籍，搖身一變即是書桌。面對斗室唯一的落地窗，小葉欖仁嫩綠新葉映照明窗，我彷若擁有超現實的靈魂了。

書店，是我溫潤人文氣息的另種精神糧倉。坐在倚窗的木椅上，就著藍天一角、綠蔭兩行，走進書裡，頓時風行雲散，以書遮止了人生多少的風雨，療癒了無數曲折的艱難，一種有如魏晉手帖的慢世，搖曳了滿心的春柔！當年的青青子衿或已銜書他飛，但在回首時，曾駐足過的書店定是來時路上難忘的書房。

圖書館是一扇連結其他城市的窗，一道伸向古今的長廊。琳瑯滿目的報章雜誌，我化作八爪章魚、老鷹犀利目，盡情汲取最新的訊息與知識，靜心尋寶，冶之煉之，點點滴滴地陶鑄對世事的真知灼見。尤其暑熱時，這個適溫的空間真是我的最佳書房。

雲光徘徊的山林是我最芳芬的書房。懂得享用者都可從這無盡藏的江上清風和山間明月取之不竭：閱讀變化多端的大自然，體悟變和不變之間的哲理；諦聽天籟的簡樸，濃烈的悲傷就在清風裡稀釋；俯仰青天淡雲、沁吟水湄山氣，得到寬容的舒坦。

所有從書本、大自然領取的道理和體會，都得經過社會的洗禮和驗證。若就沈從文說的：「社會是一本最大的書。」那紅塵就是一座最大的書房了！能在偌大的書房讀透這千奇百怪、錯綜複雜、悲歡離合的大書，在善惡夾縫裡，從容優雅地讀出人性的美，還真不是件容易的事啊！但我天天在這間大書房裡啃這本大書呢！

原載二〇二〇年九月《中華日報副刊》

擁抱舊愛新歡

在職場競逐浮生上半場的我，對回歸純樸沖淡的山居生活的渴望，遂日益強烈，但這個夢卻在另一半心肌梗塞驟逝——嘎然而止。

進入初老的退休生活，孩子漸離巢、交友零落，年少滿腔對世事的熱情逐年潺潺流失，只好試著重拾疏懶多年的舊愛：親近書本，藉閱讀負載受傷的靈魂，在共鳴的字句裡一步一步回到歲月靜好的家。學習提升談吐——沾染蘭芳之香；練習下筆若清晶珠玉、行雲流水，偶或塗鴉幾筆、練練手感，若能幸得編輯大人留用，即謝天謝地至噴淚！

又另結識新歡：學素描、水彩，雖是想一圓童年家貧無法栽培的缺憾，實則陶醉於光影裡勾勒現實的浮華和城市掠影，在色彩中化單調貧乏於藝術的追尋，攝留光陰的繪紙、貯存心靈的錦匣，慧念息想、逍遙絕惱，歲月於焉悠悠忽忽，容易打發了。

投入舊愛新歡後，日子一如古人手帖的慢世、恬淡，有了一種結廬人境、心遠地自偏的怡然自得。

往日鉤沉的夢雖沉匿卻暗流伏潛，幸而粗獷世間仍有純淨淚水滋潤，冥冥中牽引了陶淵明通過不惜沾滿白露的荒徑盈盈向我走來，那位也嚮往陶潛生活的老友在東勢租好幾甲林地種樹、咖啡以及蔬果，慷慨允分兩小畦地任我玩！哇！我整個腦筋開始塞滿了香草、海芋、紅蘿蔔、番茄……沒想到我的山居夢竟有實現的一天！大夥兒就地採菜，在簡陋工寮裡簡單吃個湯麵，煮上一壺朋友自種自烘焙的咖啡，遙映對面山嶺，安然徜徉徐徐清風下，驚弓之鳥的倉皇頓除，糾結的心釋然，不由得感恩自己的幸運，有處可避城裡空汙的現成桃花源、有這麼慷慨熱情的朋友……大夥兒似乎也有所感，舉杯互勉：「我們要快快樂樂、健健康康，可不要淪為人家所謂的『下流老人』喔！」

原載二〇二一年六月《更生日報副刊》

女強人的兩難

朋友自離婚後帶著兩個孩子，在仲介業打滾十多年，現在已是一家小規模的房屋公司的經理，儼然一副女強人樣，對房地產的眼光精準得很。我們笑她：「這幾年妳可賺翻了吧！」她卻一派正經的回答：「大家都認為我們做仲介的是一群功利取向的追錢族，見錢眼開，憑張嘴『虎爛』就可賺鈔票；其實我們也有很掙扎的時候呢！」有次她公司接了一個案子，屋況地點都不錯，她正盤算著自己吃下來，重新粉刷一下，再轉售，至少可以賺一百萬元。同時，員工也帶看一個買方，這客戶說：「我一進屋裡全身起雞皮疙瘩，這正是我要的房子！」這個買方在附近醫院當護理師，剛喪偶，有三個孩子，沒多少預算，只能開價四百二十五萬。朋友說：「你們知道嗎？多掙扎啊！一百萬耶！」

沒想到，另一間仲介業也有買方開價四百五十萬！十分火急，「我緊急追查，最後被我打聽到這個屋主還在花蓮玩，還沒回台北，趕快拜託他見個面！」朋友當面跟這位屋主說明情形，並希望能成全這位單親媽媽，「我本來只是抱著盡己之力去幫她忙，若沒談成也沒辦法。」幸好，這位屋主一聽別人有難處，竟也願意少賺二十五萬！當護理師知道背後有這麼多貴人在幫忙時，激動掉淚！後來兩人也成為朋友，三不五時都會聯絡，互相打氣。

聽完故事，我們不約而同對她豎起大拇指，讚她是仲介業最大的一朵「舌燦蓮花」！

原載二〇一四年十二月《聯合報家庭版》

心目中永遠的班長

光復國小畢業四十多年後，第一次的同學會，當時的班長熱情響應，不僅從老遠的台北來，還拖著裝滿了日記、照片和全班成績單的行李箱到花蓮來參加聚會！這些寶貴的「史料」一出現，這群「老」同學無不忙著尋找日記裡有關自己的敘述，共同的話題於是傾巢而出，打破了面面相覷、尷尬的場面，藉由傳閱日記，回憶起童年點滴，炒熱了現場氣氛。

說起這位班長真是讓人讚嘆，考試永遠都是班上第一名，當了六年的模範生和班長，演講、作文樣樣精。父親是台糖高階長官，母親是高中老師，住在我們號稱豪宅區的糖廠獨棟的日式房舍裡。每天午餐時間家裡都會幫她送來一盒削好的水果，在當時均貧的家境，這件事讓我們記憶猶新！她永遠都是梳著兩條長辮子，穿著端莊貴氣，在我們這群野地裡闖、山溪邊盪的鄉野孩子眼中，彷彿是高不可攀的公主。升上國中不久，班長全家移居台中，一路從台中女中讀到台大外文系，在父母親特意的栽培下，果然都是第一志願的高材生。留美、就業、婚姻，順遂得意。

同學聚會中聽聞，這幾年因家人和自己陸續生病，尤其是她長期依賴的媽媽腦癌末期，她便辭了工作，照顧高齡的母親。「其實，我活得很辛苦！活在大家期待的光芒裡，不停的往前衝；結果現在連煮給自己吃一頓飯的能力都沒有，你們會羨慕這樣的人嗎？」她還回憶起國小高年級有次溫書假，午後的陽光亮麗，她站在爸爸書房的落地窗邊，望著庭院的一棵老樹，心裡渴望走到那樹下，最後始終沒敢走出去，「因為明天要月考，我還要繼續複習功課。」這番告白著實讓大家驚訝：「天哪！那只是小學的月考而已耶！」有人說：「我還常常考試當天早上才趕快翻一翻書！有時還忘了什麼時候月考呢！」當初對她既嫉妒又羨慕的我們，開始憐惜起她。

或許沒有一種生活型態會讓人沒有一絲一毫的遺憾，一般人大都循著鋪好的軌道往前走罷了！班長的爸爸英年病逝，現在，媽媽也走了，弟弟肝癌，自己也病痛一堆，她說，目前最要緊的是趕快學會煮飯菜。散會前，老同學紛紛獻計，也不斷的鼓勵她，希望這位「永遠的班長」能夠很快的適應家居的生活。

原載二〇一七年十月《更生日報副刊》

貓咪的尿布

好友農舍的竹竿上掛滿了長條紗布巾，迎風飄曳彷若敦煌飛天，我帶著逗弄、拋出詫異的疑問：「現在是演哪齣戲？老蚌生珠啊，還是當奶奶了？滿院子尿騷味！」逗著她笑開懷：「最好被妳說中，讓我趕緊抱孫喔，現在的年輕人不能催生啦！」「那這紗布因何而來啊？」好友遞上一杯熱茶和手作醃梅，招呼著：「坐啊！」在這名符其實的農舍，戶外空間皆由大小貓群和野鴨占領，想找處乾淨可坐下的地方還真不容易呢！這群野貓也會「食好鬥相報」，一隻隻「相招逗陣」來農舍遮風避雨，兼供餐宿，短短半年已快速成長到三十幾隻，這會兒就喵咪喵咪的靠過來了。池畔樹叢下，也有一群黑鴨或臥或立。在貓沙、鴨糞隨處環繞下，她也不以為惱，唯偶爾聽她提起因為要餵養這一大群的「山友」無法出國旅遊的淡淡牢騷。

「我山下的家來了一隻尿布貓啊！總不能跟我們的衣物一起洗吧！只好拿來這裡洗和曬啦！」貓要包尿布？聽所未聞，我這可要豎起耳朵仔細聽端倪。她說有天煮晚餐時，耳畔隱約傳來貓細微的叫聲，伴隨著抓紗窗的聲音，她本以為是誰家的貓放風，一會兒就會走開；但是叫聲遲遲未遠離，她好奇，開門一看，兩隻身上帶血的貓，彷彿在跟她求救般輕輕哀嚎。好友喚來先生幫忙，趕緊將這兩隻貓送醫。醫生判斷應是被車輾斷了後腿，有一隻嚴重到斷了兩條腿、尾巴也折了，唉唷！連腸道都跑出來！醫生說為了牠和主人著想，建議包尿布；除此，三不五時還要載去打抗生素、健檢什麼的……「這麼麻煩！妳也敢收留牠們喔！」「剛開始真的造成很大的負擔，你知道我們很忙，要到國圖幫忙整理國樂譜，還要練習國樂，還有樂團演出的排演，到監獄、老人院的義演……可是妳想想，整個社區牠們為何選我們家來求救呢？這不就是緣份嗎？或許也是佛菩薩要給我們的功課吧！」

手上的茶涼了，我的眼眶卻熱了！好友應從未想到他們也是這群貓鴨的菩薩啊！

原載二〇一八年一月《講義雜誌》

用愛心牧養溫馨

從櫥窗往內瞧，架子上已陳列一盤盤用布蓋起來的托盤，我喜歡吃的包子出爐了！夾了老麵發酵的堅果饅頭和芋頭紅豆包，我問：「又沒有菜包了？」「還要等一下下，我也在等。」一位中老年婦女對我微笑：「她們的菜包很好吃，我也常來買！」這時我看到最高層的架上堆了一袋袋紅豆，寫著「有機紅豆」，老闆娘剛好走出來，我便問：「請問這是哪裡的有機紅豆？」「萬丹，我們的紅豆餡就是用這個！」「我愛吃紅豆！」遂拿了一袋。三人於是開始聊起如何煮紅豆。她們聽我說是外地來的，正在尋找來年的租屋處，直說我現在的房租貴了些，熱心的給予意見。

老闆娘趁忙著將包子裝袋之餘，對那位婦人說：「妳家那麼大，樓上可以租她啦！也好有個伴啊！」再轉頭跟我講：「她一個人住一大棟房子！」婦人面有難色對我說：「我有四個女兒，都在台北工作，有時回來就不夠住，不好意思啦，沒辦法租給妳！」我趕緊回答：「我了解啦！妳一定很希望女兒、外孫常回來喔！」老闆娘招呼完別的客人又回來櫃台，問我：「妳還沒結婚吧，不然怎麼可以這麼自由？」得知我家孩子已大學畢業時，她們訝異地直說：「怎麼可能啊？妳看起來還像個大學生呢！」進一步深聊，得曉我先夫已於十多年前因心肌梗塞於睡夢中過世時，兩人輕輕地搖搖頭，聞之莫不「心肝頭酸酸」！

婦人指著剛走進廚房的老闆娘的背影說：「她以前是先生娘，老公是牙醫師。有天去爬鯉魚山下來，在山下被一個騎摩托車的專科生撞死了，走路也會被撞死喔！那時她才三十幾歲！這家店名就是她老公的名字！」記憶裡在哪聽過類似的故事？我問：「聽說牧心麵包店也是牙醫師太太開的喔！」她頻頻點著頭：「就是她啊！她在那邊是收身心障礙孩子，開課免費教他們技能，設有麵包店和餐廳，提供那些孩子實習和就業場地。」我想到什麼似的：「原來啊！這家包子店是我在網路用『台東蔬食』關鍵字搜尋到的，也是家輔導身心障礙者就業的基金會設置的。」歐巴桑嘆氣：「她一個人肩扛這麼多年的重擔，我真的很敬佩她！」

先生娘雙手端著竹籠子出來，問我們要幾個菜包？雖歷經滄桑仍難掩秀麗的容顏，始終掛著微微的笑，動作俐落——讓我也由衷佩服：「您真厲害！什麼都會。」她仍一邊忙著手邊工作，一邊跟我聊著：「就像你剛才說的，遇到了只能面對，何況我還有個身心障礙的孩子，我幫我孩子，順便教別人的孩子而已！」說來輕描淡寫，聽台東朋友說她牧心教室因經費短絀也蓋了好幾年才竣工。

手上的包子熱騰騰冒著蒸氣，命運這樣的字眼汪在心湖裡，氤氳模糊我的眼鏡。她送我們出門時還直說歡迎我常來店裡聊聊，並祝福我可以找到更適合的房子，「最好是可以定居台東啦！」她揮手道別時道出了我的心願。

回程路上，那位婦人告訴我更多有關牧心老闆娘的故事。她放棄告撞死先生的大專生，體諒還在就學的年輕人要打工才能讀書，因疲勞且要趕時間上學才肇事。收藏自己的悲慟，發愁三個幼小的孩子，包括一個糖寶寶該何去何從？人家說「為母則強」，母性的堅韌和潛力在危難時熠熠閃光。她開始擘立慈善基金會、用罄存款籌建教室，歷經十年之久陸續才有麵包店和餐廳。麵包店和餐廳由技藝老師統籌，她自己則跟師傅學做包子，負責這家包子店，全數也都用來輔導身心障礙的孩子。婦人以讚嘆結束這個故事：「真的是化小愛為大愛啊！」

我回頭望了一眼這間不甚起眼的包子店，驚嘆它竟可以支撐起好多個家庭的負擔，散發出慈善和關愛的力量，也延續溫潤了她對先夫的深情，提升了生命的意義。

原載二〇二〇年八月《更生日報副刊》

回頭擁抱自己

弟媳身材高挑，臉蛋俏麗；北一女、台大經濟系、台大EMBA畢業，任職一級政府部門；一雙女兒懂事、優秀，除了嫁入我家寒門美中不足，以世俗價值觀論之，均可算是人生勝利組。但近日從她的臉書讀到她自剖四十四歲以前的自卑、孤獨與內心不為人知的黑洞，直到學習瑜珈和靜坐後才漸漸地肯定自我、悅納自己。我一面心疼她帶著沉重的枷走過青春，同時也歡喜如今的她儼然已釋重負，能泰然、安然、淡然面對人生際遇，進而佩服她的智慧與蛻變。

在成長的歷程每個人總有感到自卑的階段吧，覺察自我無非是人叢中的一點那般渺小，於是開始以各種不同的方式尋找存在感和心理平衡點。

比起弟媳，或許我的自卑更深、孤獨更甚！一來乾瘦矮小，沒有引人注目的身材。二來家處偏鄉僻壤，父母白丁以苦力謀生。三來資質不佳、考運特差，總是與明星學校失之交臂。一切就像家母常常懊惱她養的這群孩子「先天不良、後天又失調」的狀態，記憶裡屢次竄逃於驚慌、恐懼、傷痛。尤其自我負笈台北市高中，貧困的家世就像手上的老繭愈發凸顯，想遮掩卻無可掩飾的窘迫，種種不屑、否定、厭惡的情緒狠狠的從口角一股腦地向母親潑灑。正忙著張羅一家八口的早餐和便當的母親，抬頭望我一眼，嘆聲道：「你叫是我甘願嗎？」那雙哀怨的眼神，深刻如牆上掛劍！

母親與我的嗔怨陷溺在無常示現，隨無明所繫、愛緣不斷，踟躕未知而愈加濃黏。後來讀到蔣勳《捨得，捨不得》書中提到日本永觀堂一尊回頭的阿彌陀佛像時，幡然感受到那一回頭的大悲，體念眾生遲與癡的悲憫。從書上「我們是藉著自己或別人的不完美，才給了自己更寬容的修行機會吧……在漫長的修行路上，或快或慢，或早或遲，其實都是在修行，也都可以被包容顧念吧。」幾句話裡我得到被了解、被包容和平等，不再害怕回頭，不再害怕一次又一次和情何以堪的自己相遇，因為相遇才有機會重新認識往昔的自己，才有能力好好擁抱不完美的自己，才有餘心滿足現在所擁有的。

感恩弟媳勇敢分享「降伏其心」的領悟，帶領我勇敢回首對往昔微笑。

原載二〇一九年七月《人間福報副刊》

百萬元網路驚魂「悸」

我的食指輕輕按下滑鼠右鍵，終於可以在一堆密碼裡抽身了！以為這樣就順利將錢匯到自己另個戶頭了。怪了！為什麼電腦頁面上顯示原本的帳戶錢被扣走了，另個帳戶的金額沒變呢？等了一會兒，仍是如此！登出網站再登入，仍舊一樣！啊呀！趕緊打電話給銀行。「小姐啊！我的百萬不見了！怎會這樣？」「你是昨天來銀行要辦定存的那位小姐嗎？不是請妳用銀行電腦弄好再走嗎？妳現在這樣說，我也聽不懂啊？不要緊張啦！兩個帳號都是妳的，錢不會跑走啦！」

錢明明就跑掉了！沒聽過「錢四腳，人兩腳」嗎？加上現在的電腦連線快速的動作，我的一百萬就在網路裡消失了！到底流落何方啊？追得回來嗎？我只是要轉存定存，賺取微薄的利息，想再多認養一位孩子而已！

昨天小姐跟我說用定存單很麻煩，每年到期都要親自臨櫃辦續存，她們銀行都是直接註記在存摺簿裡，但我可以辦定存的另一本存摺簿沒帶，加上忘記通儲密碼，無法領錢！小姐就鼓吹我申請網路銀行，說她們的網路銀行多好用、多方便，而且操作簡單……我自覺年紀漸老，老花眼越來越嚴重，還是電腦白痴，常被電腦耍弄到想砸碎它……「我看還是不要吧！我喜歡單純就好！」

經不起小姐口沫橫飛不斷的強調：「真的很簡單啦！我幫你把兩個要轉帳的帳號設定好，反正都是你自己的帳戶，錢不會不見的啦！」昨天小姐也是這樣說。但是我的錢就是這樣不翼而飛了！我怎能不著急呢？昨天我就是在銀行裡操作啊！但螢幕就顯示要隔天才能轉帳啊！「同個帳戶當天就可以轉帳了啊！」「明明就不行啊，妳們銀行還好幾個人幫我看，還說以前可以，現在是不是改了？」電話那端嘰哩咕嚕，我沒心聽下去，「妳們幫我設定的轉入帳號，前面多了S0，有沒有影響啊？我想是妳們設定的應該不會錯，我就沒更正啊！」小姐要我再跑銀行一趟！當我準備好要出門時，電話響了！另一個小姐打來的：「小姐，不好意思！真的多打了個〇，而且還真的有那個帳號！你不要緊張喔，我們正在追那筆錢，還好，那個人還沒去領……」我已經五雷轟頂了，什麼啊！我省吃省用，家裡沒台冷氣，開了十五年的車想換也捨不得……一百萬就這樣漫遊去了嗎？還叫我不要急！

「小姐妳先不要來銀行喔！我們處理好會通知妳來！」

可想而知，整個早上我坐立不安……直到電話再響：「小姐，錢轉到台南去了！我們銀行已經處理好了，中午就會把錢轉回妳原來的帳戶，不好意思喔！麻煩妳下午兩點半後再來一趟，我會全部幫妳弄好！」「太可怕了！我要取消網路銀行了！」「沒關係，我會幫妳撤掉，也會幫妳把定存弄好。」當然，忐忑不安的心直到我去銀行，刷存摺簿，看了又看，確定一百萬轉出去又轉回來的紀錄，驚魂甫定！小姐邊忙邊不斷的說：「對不起啦！害妳跑來跑去，著急受驚……」

原來，櫃檯的小姐昨天忙中有錯，少輸了一個號碼，電腦系統自動在前面加一個〇，好巧不巧的，她們臺南分行還真的有此帳號，帳戶本人出國去，家裡的老爸剛開始以為是詐騙集團，不予理會。經過銀行不斷的拜託，經理帶證件親自出馬接那位老伯伯來銀行詳細說分明，又請他用公司的電話跟他兒子聯絡說明後，老伯伯才願意蓋章！

唉唷！幸好碰到貴人啊，我的錢伯漫遊了一圈才又回到我的懷抱啊！

原載二〇一八年《更生日報副刊》

我的第一次路跑在波德

「耶！我真的可以完成世界最有名的十K耶！」菱菱顧不得她隨身不離的導盲杖、跳起來歡呼！我最後的十公尺，倒是被她拖著衝過University of Colorado州立大學的足球場終點線，氣喘如牛中聽見她喊著：「我們十公里共走了一百零一分又七秒，距離我的目標一百分鐘非常近了！」我撿起她的導盲杖放進她右手時，她握住我的手說：「我去年走不到一半就喘不過氣，今年終於走完了！」她的興奮感染了我，我也深深慶幸她生活在讓視障者優遊自在的Boulder。

五月中旬臺灣正進入空污逼仄的苦暑，我即飛到全美最幸福的城市——Boulder。這號稱全美平均海拔最高的一州，單是丹佛機場的海拔即一千六百公尺，略同於臺灣清境農場的高度。菱菱家住在靠近Niwot的Longmont，是位於洛磯山脈半腰的高山平原的一個山谷，因為緯度高，暮色八點多才漸漸染上草原，長晝給了人歲月悠悠之感。一到黃昏，大家爭先搶坐在葡萄藤下的搖椅，大飽眼福：餘暉映照在蒼茫草原上，遠方白雪皚皚的洛磯山環繞連綿。真如她在Line裡描述，四周被高山峻嶺、森林和湖泊所環繞，嶙峋的山壁怪石如影隨形。「這個州大都是紅色的砂岩地層，到處可見赭紅色山石，尤其是山脈中那座狀如熨斗的熨斗山

（Flatirons）最為顯目！當時才會以西班牙語「Colorado」這個中文意思是「帶點紅色的」來命名。」菱菱總不憚其煩解說。

Boulder這幾年竄升為最熱愛戶外活動的城市，以及全美最瘦的城市，肥胖率僅有十二・四%，其來有自。除了洛磯山脈裡的多條步道外，位於市區長達十六英里的波德溪小徑（Boulder Creek Trail）綠意盎然、小橋流水添嫵媚，或騎自行車逍遙而過、或撐篙漫溯、泛舟速流，再不然就像我們悠哉慢步，任徐風輕拂。在這個寬闊的城市，運動隨處可行，運動風氣自然流行。

菱菱說我正趕得上一年一度的BOLDERBoulder盛會，她早早用她爸媽的名義幫我報名運動組。早晨六點半，波德市的街道上還冒著霧氣，晨風挾著山裡的寒氣，讓人起雞皮疙瘩。路跑的起點是在熱鬧的商業區，菱菱、莉莉、我和她大妹一家人，穿戴號碼牌，在各組的集合處熱身。主辦單位鑑於波士頓路跑恐攻事件，規定入場者不能帶背包。外圍也不時看見荷槍實彈的警察人員以及警車。環視周圍更多的是裝扮得五花八門的路跑者，有扮成潛水員、太空人、動漫人物、黃恐龍、綠蜥蜴、身著彩帶的舞者、貓王……增添無比的趣味與熱鬧！近處傳來的打擊樂，鼓譟起蓄勢待發的熱血沸騰，稍微減退晨間的寒氣。或許是之前萬聖節舉辦過「南瓜裸奔」，結果一裸驚世，加上被世界雜誌評為「美國最優秀的十K」，早已成為世界上最大和最受仰慕的社區運動了。他們的口頭禪是「跑去住，活著跑！」「是的，你可以的！」鼓勵任何人都可以做十K，並鼓吹每個人都去買雙跑鞋就可以參加這麼好的健身活動，讓自己成為地球上最大、最好的慶典的參與者。所以這次參加boulder路跑活動的人數又創新，聽大會報告已超過五萬人。

我們這組在大會主持呼喊：「陶醉在當下，慶祝你的成就！」鳴槍起跑！

沿途據說有十萬多名的觀眾兼啦啦隊，以及提供各式各樣的點心、飲料的贊助廠商和個人。我屢屢被飄著香氣的熱狗、漢堡和咖啡吸引而放慢腳步，真想去拿份來解饞，或悠哉地和他們一樣坐在草地上聆賞肚皮舞孃的嫵媚婀娜、吉他王子樂團的吶喊、英格蘭風笛樂，享受這繽紛又熱情的假日。但又擔心被沖散、耽誤了菱菱的目標，更重要的是我和莉莉是菱菱的左右護法，一來避免她被撞，同時也讓她和別人保持距離，以免導盲杖掃到路跑者。

坐在足球場觀眾席觀賞為迎接明年四十年BolderBOULDER來臨的一連串表演時，我疑惑問：「妳怎麼知道自己跑幾分鐘？」菱菱指著我胸前的號碼牌，原來後面暗藏玄機：「二〇〇七年他們就引入電子標籤計時，為每一位參與者提供完成時間和里程數。」

從一九七九年夢想起飛至今三十九年，能夠持續不輟而且日新又新，贏得世界最大的「計時十K」的榮譽，從菱菱這麼賣力的融入，洋溢成就感的臉龐，我看出這不僅僅是一場比賽，更是用生命引燃別人生命的熱情與堅持。

原載二〇一九年五月《講義雜誌》

往事在彩虹端跑水

彩虹在草原匍匐，奔騰活水豢養生息，生滅一季美麗，咀嚼陽光曬著田水的滋味。油菜花用越野賽的速度鋪展到中央山脈；海岸山脈這頭，遍野粉紅駭綠，飽繪無限美好的主角便是紅白相間磚牆的拱型水橋。

六十九年前為克服輸水落差，居民以人力挑土墊高水路，填堆一道浮圳，土堤年久坍塌，供水不敷下游所需，水利會特意斥資千萬仿糯米橋重建，故蛻變為全國唯一景觀拱型水橋。

二層坪水橋再度活化，北漂的她也回來了，循著阿公內心躲藏的那隻黑狗從桃園逃到富里、接連躲到玉里再遁匿鹿野、最後在豐源落腳。那股平靜的悲哀從小就如橋水淌進宅院，漸長的她隱約聽聞當年伯公涉及二二八事件的「家族禁忌」。彼時鄉下房子幾乎是竹塗泥漿的牆、稻草覆頂的草屋，獨獨她阿公用一棵巨木蓋了這間屋，這位連姓都不願透露的婦人撫摸木牆紋路，「每片紋路殊異，因下半部漸腐朽，我爸才改砌磚塗水泥，來穩固上面的木作，木牆和屋頂每兩年都要重漆瀝青。這屋是阿公留下的，我得好好保護它！」用哪種樹蓋的？她亦不詳，「祖先蓋房子大都就地取材啦！」黑色屋後正是烏心石林，往溼地走也有一條烏心石綠蔭道，烏心石恰是好建材。她爸爸三歲時被阿公帶來烏心石小森林，「我是正港台東土產雞」，她說。

道別時她極力推薦十一點鐘方向那棵「雞」城武樹，是去年颱風掃過後形成的，「紅藜田中央的第二棵矮樹，像不像一隻公雞？」

壯麗的霞光曬紅了一綹綹藜麥，如煙往事在彩虹橋端裊裊升空。

原載二〇二一年《更生日報副刊》

許他燦燦千陽

娘家往政大河堤的出入巷口，總有個奇特的男人不得不讓人多看一眼。他不是用腳走路。膝蓋處裹著厚布，也不是學古時女人裹小腳，因為說腳也不是腳，只是兩條大腿在下半身晃盪啊晃盪，倒像是在盪單槓。真正走路的是手，兩隻手掌上綁著比手掌大些的木板，移動時是單手先往前推，另一隻手再平行推到相同距離的位置，兩肢大腿才一起向前盪。裹布是避免大腿截肢處，不斷的磨擦地面以致皮破肉綻的保護措施。在來來往往的人潮裡，身子比幼兒矮的他，特別顯眼。

他大半都是盪去柑仔店買鹽、糖、麵、文具之類的輕食品，老闆會把塑膠袋掛在他的項頸上，順手把他的衣領和毛巾拉高墊在塑膠袋提手底下，免得脖子磨傷了！

據老媽說！他以前可是黑手工廠的老闆，風光時賺進了好幾棟內湖的別墅，有次到客戶工廠去維修機器時，一失神，雙腳就被繩索捲進地面的機器筒，幸好身邊的人發現，及時切斷電源，但也得截掉膝蓋以下的腳以換取性命！性命留住卻喪了心志，面對巨變，他與家人都得重新適應。不到幾年，又來了個老婆執意離婚的打擊！尊嚴溫情兩落空，現實冷暖自獨嚐！

幸得老天悲憫，他的兩個兒子、一個女兒都很貼心孝順，撐起家庭，還為他設計了這套走路工具，剛開始他們陪伴他走出家門，一家人慢慢移動，有說有笑宛如正常家庭，他們為了讓老爸有不能推辭的出門目的，便給他這份買小東西的任務。他女兒細語跟鄰居說：「醫生說要多動，大腿才不會萎縮，不得不對他殘忍點，真不捨啊！」

過了半年多，我再回娘家，從五樓的陽台往下瞧見他滑著輪椅，停在公園圍欄邊，短短的腿褲擱在欄杆上，沐浴在冬日難得的暖陽裡。「他現在改坐輪椅了喔！」老媽順著我的目光也看了一眼，說：「他很早之前就改坐輪椅了啊！下一代的再怎麼用心，人家看了也會批評孩子不孝，留那麼多錢給孩子，竟然落得像狗一樣在地上爬……」

我又多看了幾眼閉目養神的他，不知他從溫煦的晴空裡諦聽到了什麼？我仰天，也閉起眼，祈願燦燦千陽許給他靜好歲月！

原載二〇一八年四月《更生日報副刊》

慈悲自有生路

柔如絲絹的鋼琴聲，像一匹飛天布幕優雅流瀉，映照在微微柔黃燈光下的餐桌椅，樸拙踏實，難得聚會的三四好友自在話家常……這本來應該是個靜好的夜晚啊！

然而，當下的生活似乎依附在難以逃脫的沉悶和恐懼裡，更讓人無法鬆懈的是：新狀冠型病毒疫情不只沒有減緩的趨勢，甚至有擴大燃燒之虞？

整個生存樣貌皤然戒慎恐懼，就如剛剛一踏入一樓大廳不再聽見「歡迎光臨」悅耳上揚音，取而代之的是一支額溫槍馬上舉起對準——「逼」——沒發燒、請進。猶疑走近的人彷若在進行一場禁口比賽，無不戴著口罩，眼神透露驚懼，代替了往昔難得到飯店聚餐應然的興奮。

金典酒店十二樓左側一角的小廳，只有我們這桌，偶爾零星幾人緩步通過，足見這波疫情的戰火燃燒到餐飲業已一陣子了。

閒聊之際，金典飯店的總經理陳月鳳小姐恰巧坐入鄰桌用餐，因熟識同桌友人遂過來招呼。有人關心問道：「生意好像差很多喔！有沒有辦法撐過去啊？」因為疫情大幅影響客人進住和用餐，從新聞報章知聞不少老字號的店家熄燈或暫停營業了，不自禁的替陳總經理擔憂。

果然觸動陳總的心頭愁，便滔滔不絕地訴說，她是如何用心想要殺出一條活路：「古人在講『做牛，就不要怕人來拖。』既然做了這一行，就要面對。我們至少有三百五十多個員工，如果宣布停業了他們要如何養家活口啊？我不能這樣啦！平時共享繁榮，患難就自己先溜，經營者再怎麼現實也不該罔顧道德義氣，何況這樣的口碑以後想要找好的工作夥伴也很難啦。我寧願少賺點也不能斷了人家的生路啊，除非政府宣布餐廳禁止營業！」

「客人不敢走進來，我們就走出去！」「賣餐盒！」陳總首先想到的就是接單做客製化餐盒，公司行號、家庭訂餐盒達五個以上就外送，餐盒多種選擇且菜色豐富，都是五星級飯店廚師製作，營養師配的菜，合乎營養均衡和卡路里。週六、日下午六點前推車到樓下，現場蒸港式點心提供外帶。「一隻烤鴨本來賣一千五百元，現在外帶一隻六百元，根本就接近成本價了！另外也賣冷凍餐點，方便小家庭加熱食用，因為沒加防腐劑，所以盡量兩星期內食用完。」雖然業績無法跟昔日榮景相比，但在員工們共體時艱的護持下，幸好可以維持打平。

據座上好友說，陳總是位鐵腕女子，平時多方為員工設想，但在管理上堅守嚴謹，要員工恪守「顧客至上」，員工和客人同乘電梯時要禮讓客人優先進出，嚴禁員工去使用會員中心的設施。「就曾經碰到有會員反映某員工偷用三溫暖，第二天就被辭退了。我自己也以身作則，絕不會讓人家說成『只准官兵放火，不准百姓點燈』喔！」管理這麼多員工，勢必要有一套完整且不容挑戰和妥協的空間！

就連目前最珍貴的口罩，陳總也自有她的做法：「幸好我有記取SARS的經驗，十二月一聽到有武漢病毒的風聲時，就趕快下訂一大箱，至少可以備用一陣子。再來我們可以依照員工人數，一人一周領三個口罩的數目跟工會買，所以我就拜託員工既然已配發口罩，就不要再去外面搶購，少些人排隊應可以減少一些社會恐慌。」聽罷陳總的思維和做法，我們無不稱讚她心腸細膩且慈悲。她連口謙稱自己只是在盡國民責任。

晚上八點半到十點，鋼琴師依約來現場彈奏，本來以為客人稀稀疏疏，鋼琴演奏也會喊停。沒想到陳總也同理到：「暫停，他會少份收入，或許別的地方都取消了，那生活不是更艱難了嗎？」

誰也難以預料，剛開始以抒情緩慢的節奏散播的新型冠狀病毒，卻如火如荼有一發不可收拾之態。沒想到一九四七年卡謬寫的《鼠疫》，對其描寫封城的人心恐慌等情節，對照當下竟有似曾相識的高度體悟。但人類經驗和教訓是有斷層的，遺忘是自然的，同處一樣的災難，有人驚慌失措、惶惶終日；有人處變不驚、積極面對；有人趁機發財，有人激發生存的熱望並更理解愛的意義，在在都考驗著做為一個人的價值觀和道德感。

德不孤必有鄰，各行各業裡想必也有很多像陳總這樣富有覺善的人，深信藉由慈悲的循環，一定會走出康莊大道。

原載二〇二〇年十月《更生日報副刊》

紫色風鈴「想」不停

她右手持導盲杖，左手搭在我右手背上，不時提醒我輕鬆一點，只要我保持在她前方的位置，她就可以從我的手上下的變化感知路況的起伏。我跟她說：「這對我而言是個新經驗，在學習中，謝謝妳的包容！」

她帶我去走波德市洛磯山脈步道，沿溪而行的小小山徑，時而樹根凸起、時而疊石堆積、溼泥軟滑，我一路上提心吊膽，怕她猛然撞上樹林裡的某一棵樹；反倒是她一派輕鬆自在。

穿梭林中，徐徐山風揉合著山巔尚未融化的雪涼，我們找個樹蔭午餐。她閒聊：「我喜歡紫色的風鈴，在風裡清脆響著，帶點空響又引人遐思。」回憶起生命最低谷的痛苦，她可以輕描淡寫：「我也曾被黑暗和害怕緊緊掐住過，怨恨命運對我的苛刻！只是不想這麼早就把自己框住了，想要活得像我自己想要的樣子，至少百分之五十或六十吧！雖然那個五光十色的世界我回不去了，但我還是想追求一點點自由自在！」我閉起眼睛仍無法想像她的世界。

當暮色漸漸染上遼闊草原，涼風輕盪過葡萄藤下的搖椅，我們對著遠方覆蓋皚皚白雪的山巔沉思。伯母娓娓訴說著女兒匍匐在封閉、消沉直到慢慢安頓、認命的那段日子：「那時她讀大一，在外租房子，突然眼睛整個看不見了！雖然從小眼睛就弱視，畢竟還是有光有形體，生活一切可自理，一下子掉到黑暗去，她一定很難面對，所以就跟外界斷絕聯絡。最後我們開車去她的住處找她，起初她也不開門啊，是我著急到哭了出來，她才遲疑開門，還讓我哭了好一陣子，真是嚇死人了！我和她爸多怕她想不開啊！」至親的眼淚催化起獨立更生的堅強，她開始接受盲人的訓練，加上本性不服輸，她更快學會和適應新的生活模式。研究所畢業她找到一份口譯的工作，存點錢就和朋友出國自助旅行、回臺灣、去離島。我要不是見識過她比明眼人更精準的導航能力，還真不相信她可以到處悠遊！她的腦海裡一定有無數張地圖，到哪裡她就開始搜尋。

有天我晨起一走進廚房，她鈴鐺似的笑聲即追至：「妳嚐嚐我種的草莓，還蠻甜的喔！沒想到可以種到成熟，這次我比雞搶先一步吃到，哈哈哈！」她找出去年收成的大小不一、各色品種的南瓜照給我看，真是大豐收啊！她從葉子的觸感和植物的氣味分辨出菜的種類，晨昏就在屋側的菜園裡忙碌，拔雜草、灌溉、施肥。我最期待餐桌上她炒的青菜和煎蛋，都是自產的最新鮮貨。在科羅拉多州那段恬淡的山居歲月，每天總有許多讓我驚歎不已的「她」跑出來。

秋風送涼，我望著她送我的這串紫色的玻璃風鈴怔忡：在我蹲下痛哭時，我應該也要有力量站起來，因為悅耳的紫色風鈴在風中如是告訴我。

原載二〇一九年一月《聯合報家庭婦女版》

拾金不昧的插曲

這通陌生的電話第一次被我判定為「詐騙電話」，直接按掉；隔了幾週又打來，好奇心作祟下，按下接通。對方略帶焦急：「妳是那位撿到五百元送來報案的某某嗎？已過了失物招領的時限，無人認領，錢歸撿到的人，妳要來領回嗎？」我語氣遲疑：「什麼五百元？」對方用更詳細的資料取信於我：「五月十五日下午三點多，你在成功路撿到五百元送來中區派出所認領。」嗯，記憶中似乎有這麼一回事。他再次問：「妳要來領嗎？」我答：「我好像有勾選不去領耶，全權由你們處理？應該也有簽名吧！」對方回說這是警方應跑的程序，掛電話前，客氣的說：「那我再確認，謝謝妳！」

那天我看到這張五百元躺在地上，憑直覺撿了起來，對同行的兒子說：「這是假鈔還是真鈔啊？」兒子一臉不悅、斜眄：「管它是真還是假，妳不要撿就對了啦！現在到處都是監視器，要是有心人士剛好看到妳撿到錢，會告妳侵占！」我不解看著他：「別人還不是會撿，撿了也不一定會拿去認領。」兒子雖認為我在浪費時間，還是幫我上網查詢最近的派出所位置。

繞了幾條巷弄後，終於站在分局的服務台前，警察一聽到我撿到五百元，表情頗有「妳何必小題大作」的無奈，說：「負責的人剛好出去巡邏，要等一下喔！」其實我也開始騎虎難下：「錢放著給你們處理就好，很少人撿到五百元拿來認領吧！」「至少都好幾萬的啦！妳要填單子，不能走呀。」擁擠的前廳，帥哥進進出出，電話聲此起彼落。突然午後雷陣雨轟隆大作，有人淋了一身雨衝進來：「雨衣都來不及穿！什麼鬼啊！」

過了半小時，終於有位警察過來，找出失物招領的報案單交給我填：「那個主辦的說下大雨要晚點進來，我先來記錄好了！」

又進來了一位警階高一點、年紀也稍長的帥哥，看到我們，訝異的問：「她們是怎樣？」年輕波波立即回報：「啊，就撿到五百元失物招領。」警官笑起來：「五百元？我還以為五百萬元呢！」我馬上幽默回應：「啊我如果沒進來失物招領，怎麼會有機會和這麼多帥哥波波大人聊天？」頓時哄堂大笑，警官點點頭：「妳說得很中肯！」笑話才要接龍，外面驚聲尖叫：「有人打群架了！」這些大人，動作一致俐落，跳了起來，衝下去。

等待期間，我緊張問旁邊的帥波波：「你們就這樣赤手空拳衝出去，上禮拜才發生警察在火車上被刺死呢，唉唷，你們至少要穿防彈衣啦！」「小姐，你有所不知，防彈衣是不防刀劍的，防刺衣要自費購買沒有配發！」「什麼！政府錢都亂花一通，人命關天的配備竟然漠視！」「這個打群架是每天必演的連續劇，我們都知道是誰啦，不用緊張！」「可是現在情緒障礙的很多耶，你們還是要小心才好！」

就在問答之際，年輕的波波推著一個男人進來，將他按坐在最裡面靠牆的板凳，身材短而瘦削、頭髮長過耳際，雙頰凹陷；緊接又有個男人被推上來，略微高壯，黧黑的方正臉，神色較顯精神，站在門左邊。所長喝道：「說，為什麼打架？」兩個男人話匣子還未開，只聽得劈哩趴啦，一個短髮紅衣短褲的婦人衝進來，手指著瘦男連罵了好幾句三字經，頗有潑婦罵街的架式，正當她還要往興頭上罵去，波波制止：「去、去、去外頭罵，這裡有未成年的少年呢！」趕她下戲，她還戀戀不忘台詞：「我也是懂禮的人，替你們惹了這麼多麻煩，真對不起大人啊！」

這時有位波波對著兩個男人開導：「你們就不要三個人在一起嘛，沒緣的就散開到別縣市去。」在我身邊做筆錄的波波，輕聲為我分析劇情：「他們都是遊民，那女的本來跟瘦的是一對，幾個月前來了這新的，搞起了三角戀，一天到晚就爭風吃醋。」「哇嗚，他們的生活還真精彩呢！」波波附和：「我們看他們好像很可憐，居無定所、衣食無著落，或許正因為沒什麼身外物要爭要追求、畏懼失去，比起我們可以更瀟灑、更無憂無慮。」

我沒作聲，瞧著正一字一字敲鍵盤的年輕波波，彷彿他正敲著生活裡每個說不出口的符號。就在他說：「填好了。我們再聯絡！」雨正巧停歇了。

原載二〇二一年《更生日報副刊》

給一起長途跋涉的人

立春，季節交換了，新舊似乎也正在變更，綠、黃、紅葉轉變，落葉離樹……當一些故友也是這樣淡遠時，內心那種幽慌、轉涼況味是否也染深了？

來吧！閱讀。這是很好的療癒藥方，而且隨手可得，永不背叛，也毋庸罣礙任何人事枝枝節節。我應感恩，我能識字，否則如何度那悠悠歲月？

多年前，命運殘酷伸入我的平靜生活，先生驟逝帶來的驚愕和打擊，深鎖我的身心。彼時我正在中興中研所就讀，渡也老師是新詩和散文的授課教授，他從同學處得知我有意休學，撥冗來電——這是我第一次接到大學老師的來電——電話中，盡是不捨和安慰，還有關心生活一切。「寫論文也是種自我療癒。」我記得老師是這樣鼓勵我回去讀書的！不久，我收到一封掛號信，是渡也老師託同學寄來的，一則作家陳義芝於二〇〇六年發表在聯副的「為了下一次的重逢」的簡報，文中追憶因一個意外而離世已三年的兒子。老師用紅筆標註作家借用美國當代女詩人亞德麗安・芮曲的詩句「潛入沉船殘骸」，形容寫作這本書的經驗：「我踩著梯子下到深海，打撈可用的可紀念的時光殘骸，發出一些脆弱的訊息，獻給一起長途跋涉的人。」「死別是人生最難熬的關卡，卻也讓生者頓悟流光轉瞬、世事無常。」

「情感若不寫，有一天也會消失。」

當時我恐患了「驟逝憂傷恐懼症」，我不忍卒睹這些相關的人事，連談到死亡的書籍文章都視為不祥、棄之唯恐不及！我只匆匆一瞥這幾句老師畫的重點，便心碎無法自持。

十幾年過去了，步入中老年的我漸漸能解「江水風月本無常主，閒者便是主人」自主的自在。今日，我且來當心靈風光的主人吧！我來，一探陳義芝《為了下一次的重逢》的迢迢心路。一室如葦舟，輕盪於夜未眠的作家書房，幾番交會，眸裡翻滾過百歲光陰，從前的悲歡，在文字裡，變成寧靜……

便也感念起當初渡也老師希望我藉由文學沉澱、淨化雜思和悲慟的苦心，憂患彌見人世的貞信啊！真正讓我見識到什麼才是真性情，慈悲關懷的心手口如一的詩人！應證在老師的詩裡，是生活的真情流露，不僅只是在遣詞造句裡嘔血罷了！

當生命無預期地落下巨石，把可以轉捩思維的書本當斧，劈它個閃閃電火石光；也幸得良師之慈腸，指引我渡一波波的風浪！希望此篇小文也能帶給正在悲傷風浪裡跋涉的書友們，一絲絲的撫慰和心靈休憩站。

原載二〇一九年六月《更生日報副刊》

煎出人間溫度

在鑄鐵的圓形煎盤上注入調好的麵糰，爐上立即冒出陣陣麥香，火侯掌控至軟硬恰好時，精準烙下深褐色的圖案，圓餅就雀躍地在鐵板上排隊，輪番等待成為酥脆、香氣四溢、色澤上乘的爽口煎餅。這純熟技巧的操盤人就是小林煎餅總經理「二哥」。

因家中排行老二，業界暱稱「二哥」，其嗅覺不僅逡巡於糕餅香，對時勢潮流更是靈敏。看到報紙刊登：負壓房醫護人員單單為了送個便當給染疫患者，就得花上一個多小時換穿防護衣，讓身經多次坎坷的他感慨：「我們都那麼害怕病毒了，何況直面病毒的他們？」「我只會做餅，就用餅表達我的小小心意囉。」二哥甘冒爐房的熖熱，一塊塊地模印：「落實肥皂勤洗手」、「出門戴口罩——保護你我他」、「辛苦了！醫護人員～你們守護台灣、我們守護你們」、「感謝所有第一線的防疫人員，臺灣有你們守護真好」、「減少出入公共場所及人群聚集地」。我基於好玩興致幫忙分裝，一邊讚嘆他敏於時事，趕上回饋社會溫馨的一頁，煎餅兼具了糧食和心理支持的功用。他略帶靦腆，以慣有的濃濃鄉土口音回應：「我沒那麼偉大啦，就送了一千多包煎餅給醫護人員，希望及時送上溫暖和感恩。」

動機雖微小，卻是以善行揭舉最寶貴的念憶，在艱難的日子裡更要尋訪、營建一種平淡的溫馨和快樂。

童年艱苦逼就二哥不得不是個行動家，「你可曾經全部家當只剩兩萬塊？買了麵粉就沒錢買糖的窘境！」或許戳中深藏的感慨，他便將過往娓娓道來：已逝的母親，當年透早即肩扛扁擔，沿途叫賣客家草粿、饅頭，後來兼賣餅乾，從大甲走到苑裡、清水、梧棲，「轉到唇，攏半眠囉……」父親林振南呢？每天都和麵粉「勾勾纏」，即使如此「握麵嚐辛」，仍欠債長達十七年，最可怕是過年前，要債的紛紛出籠，潦倒到想放棄……直到跟日本人取經學技，憑藉四支六公斤重的大煎仔和一根扁擔，再度突圍翻轉生活。二哥問我：「妳知道我們什麼吃最多嗎？」我笑答：「當然是餅啊！」他哈哈大笑：「吃苦吃苦再吃苦！」

別看小林煎餅當今風華正茂，當初他多想逃離「吃得苦中苦卻看不到錢途」的家業，北上求學的行囊早備好，正欲跨出家門的那瞬間，媽媽的眼淚把他留下來了！

「後悔嗎？」「年少追夢不成，午夜夢迴噸，難免遺憾……」

十六歲開始和父親學做餅，自然會緬懷父母親的劬勞，承襲了父母親的苦幹堅卓，不忘家傳的「認命卻不服輸」的精神，終於讓飄香七十多年歲月的餅，在清水休息區締造出一年一億多的業績，尤其是限量兩盒的吊鐘燒，獨挑一世紀的煎餅香的傳奇。小企業的經營如履薄冰，從只有一台機器只能在模型做變化，到現在全自動化生產；從簡單的芝麻煎餅到特別的黃金比例創新口味；同時嗅到煎餅的文創風潮，打造一處濃濃南法風情的城堡，開展糖霜彩繪煎餅、客製化概念雷射雕刻煎餅、手作小煎餅等等，新益求新，盼望將小林延伸為小森林，蔚為家喻戶曉，人手一餅，嘖嘖稱美的盛況。幾經精算掙扎，不惜擲重金購置機器，不惜成本使用台灣的雞蛋、新鮮農作物、大雅的麥粉，把普通的煎餅結合在地專屬的感情。無奈這幾年疫情影響層面無所不及，二哥的小店面也收了好幾家，幸而他自有套豁達的生活觀：「其實生命也是種經濟學，如何運用生命這有限的資源，安排最想要也較適當的規劃，創造最佳的效果。賺錢固然重要，與社會為善、互榮的成就更快樂。」

餅香烘融了被疫情綑綁的生活，也將二哥的善念飄散出去，他飲水思源，常懷感恩回饋社會，他懂得所以慈悲，溫暖如春，期待用愛覺醒並找回重生淨化生活的契機。

原載二〇二二年十一月《更生日報副刊》

醫師音樂室

踏入醫院，撲鼻而來的不是濃濃消毒水味，是愉悅心情的咖啡香；耳畔響起的是輕鬆的卡農D大調，消弭了些許的吵嘈和病痛的呻吟；注目的不是醫護人員那帶有距離感的白袍，而是各科配合節慶，在各角落擺設了環保材料的裝置藝術。如此創意叫人嘖嘖稱奇：外科用各種顏色的口罩捏摺一朵朵玫瑰花，堆疊成一座小塔，燈光從裡面射透出來，散發一種瑰麗的柔美。小兒科則以糖果紙剪裁出許多卡通人物掛在小聖誕樹上，充滿童趣和想像；牙科利用衛教宣傳的牙具掛滿了麻繩結成的蜘蛛網……

去年到台東賃居，結識基督教醫院的江醫師賢伉儷，因他們的引介，得以穿門入戶到台東回響樂團位於翠安儂旅館的練習場所。說起這個在台東市響叮噹的樂團，因一次國慶煙火的音樂會上，小提琴首席突然離席中斷演出的事件，在各媒體沸沸揚揚好一陣子，想必也引起各界對他們的好奇吧！黃醫師團長說他們從一〇三年十月成立「回響」是想改善和推廣台東音樂環境。當時團員十位不到，在另一位廖牙醫師團長共同帶領下，吸引了各行各業的愛好音樂者陸續參與，還號召了國內外音樂系所的學生加入，至今已有百餘人，因而分成流行樂組、弦樂五重奏、爵士樂團，平日二、四均有團練，除了不定期的邀約演出外，每年夏、冬兩季則是定期公演。

從團員們的閒聊中我更深入了解這個樂團：「台東的孩子或許在音樂上是有天分的，因為沒機會接觸而埋沒，我們覺得很可惜，就舉辦音樂營和音樂會來塑造藝術的氛圍，讓他們嚮往產生興趣，再來鼓勵學校申請成立樂團，師資是由我們免費提供，樂器也是我們長期租借給他們使用。目前已協助成立了知本國小弦樂團、桃源國小銅五樂團。」

江太太附耳低聲對我說：「他們真的很有心在推廣音樂，短短三年就得到台東縣政府第一級傑出演藝團隊的殊榮。」

多少風塵未減他們的樸實，多少的生老病死深化了他們音樂的層次，蒼老未曾世故，滄桑化為藝術。

有次東基副院長籌劃一場午餐音樂會，便邀流行音樂組到院演出。我有幸因江醫師之故被邀請。團員並未受演出場所簡易之影響，仍盡情展現他們最近練習的曲子。由孟德爾頌的「乘著歌聲翅膀」來開場，讓嘴裡咬著食物的聽眾，心靈可以徜徉在美妙樂聲裡。趣味橫生的海頓「驚愕交響樂」、聖桑「動物狂歡節」散發的嘉年歡樂、黃鶯鶯的哭沙沉澱了一下熱鬧喧嘩、吉他和胡琴合鳴出「天空之城」的悠揚、胡琴拉出「銀色月光下」的幽婉、黃醫師用小提琴拉出「叫我如何不想她」傳遞對他老婆的思念、主唱電子琴手唱出「來去台東」像海一般的熱情，轉為「小河之歌」聲聲呼喚濃郁的鄉愁……心情隨歌曲不停的轉折，時而飄浮雲端、任一葦水流，時而懸盪高壑、森林幽徑，如癡如醉正待忘懷人間，忽聞團長說：「最後一首是童年，請大家一起合唱。」馬上有人傳送一張歌詞到手。是啊！童年是人生的開端，是一切思念的源頭，羨慕台東孩子的童年有歌聲常伴飛翔、時時能拾起優游在音樂裡的幸福！

原載二〇一八年八月《講義雜誌》

保留美好

曾幾何時詐騙行之天下已達橫行無阻，報紙、新聞幾乎日日報導，某某執意要去匯款、轉帳或領鉅款，憑行員和警員三寸不爛之舌也勸阻不了「詐騙孝子」的頑強，非要逮到車手或破了詐騙集團惡窟才慶幸未上當。就連我八十好幾的老媽都遇過幾次金光黨，驚險程度不下於搶劫，因此常常來電警告兒女：「詐騙很多，不要亂開門、不要轉帳、不要貪心……」整個社會誠信的淪喪讓人驚心動魄！

偏偏我們的日常生活無法逃離「是非題」的兩難。

那天我結束志工值勤後，在公車站候車，一位穿戴護胸架的中老婦人往我這頭顛顛走來，我閃身想讓她過，她卻在我眼前停步，以虛弱乾渴的聲調訴說：「可以借我錢嗎？我已經好幾餐沒吃飯了！」我心想不妙，難道碰到借錢詐術老梗了嗎？可能是志工當久了，養成一探究竟的習慣，便問：「你家住哪裡？你孩子呢？」她答說：「我住南投鄉下，沒有結婚，和哥哥住，哥哥半年前死了。」一問一答中，總算有點了解她的狀況：來台中看病住院，雖有低收入戶補助，但被可觀的醫藥費透支了，沒親人可依靠。當下晚風徐來，幾分悲涼。我問道：「那你吃飯要多少錢？」她怯怯答道：「一百元也可以。」她拿著我掏出的鈔票，連道謝謝，轉身離去！我摸到袋子裡剛剛買的麵包，跑步追了過去，喊「歐巴桑，這麵包給妳吃」。她驚惶的看了我一眼，接去麵包，害怕什麼似的快步離開。

那婦人最後的神色讓我耿懷，回到家和家人敘述原委，家人一致認為我被騙的機率較高。讀心理系的兒子卻有不同的解讀：「要開口向人乞求區區一百元，其中艱難，若真的著實叫人可憐；若是騙人的也讓人可憐！」就是啊，我寧願選擇相信她有苦衷。

朋友阿香的大學閨密移民美國多年，經常歸國洽談生意，有次line給阿香，敘說轉機時行李滯留英國，急需二十萬元給合作廠商，請她救急。她說：「只有麻吉才知道我的綽號，所以是她沒錯啦，不是詐騙。」奇怪，阿香匯錢給她，那她用什麼提款？若用提款卡，她為何不提自己帳戶的錢？不知是食髓知味還是錢騙來容易，竟然再借二十萬，阿香固守對閨密的信任，咬個牙再匯！當對方想來個「無三不成禮」時，阿香告饒了：「我沒有錢再借你了！」阿香告訴我：聽說另位同學也被借了五萬。

沒有視訊，連對方的聲音都沒聽到，只憑line文字。聽過阿香轉述的人十之八九都認定遇到詐騙了。唯阿香依舊相信是閨密，「她說七月回美國就會還我錢。」盼到七月，連八月都過了，對方一點訊息都沒有。「聽說十二月她會再來臺灣，我一定要跟她見個面。」冬去春來，春節也過完了。坊間有「債不過年」的說法，可這位閨密早已是洋派。等來等去，連我都跟著血脈噴張了，利用她人的善良和熱情行騙，看似不費吹灰之力，難保天網恢恢，因果報應。可我們的阿香看待這件事竟然是：「我現在比較不憤怒了，我一想到她淪落到需要騙錢過生活，真的只剩可憐她了！」

淡淡的口氣，把我的同仇敵愾燒成灰燼了。用四十萬識得人心，換取經驗，值不值？還要雅量和寬恕說了算呢！

原載二〇二三年《更生日報副刊》

美國曬衣大不同

在臺灣，鐵窗內的陽台、頂樓或前後院，花花綠綠的衣物在陽光下花枝招展，就像巷弄人家每天問候「食飽未」再習以為常不過了。看到沒，巷口那戶人家門旁修剪得像隻公雞的那棵杜鵑，遠遠望去都讓人誤認為一朵朵盛開的花，待走近一看，啞然失笑：「哇！是大小不一的襪子呢。」走進鄉間，古早三合院的風簷、門埕、圍籬，找兩個支點隨意擱上幾支長竿，不要說衣服、棉被毯子啦，連菜豆、筍片、芥藍菜、柿乾也都舒舒坦坦做著日光浴呢！充分利用這偌大的免費烘乾機，曝曬後的乾爽貼近大自然懷抱，可是展現了原始單純的智慧。

前幾年跟著朋友飛到美東紐澤西親戚家，兩層樓的木造房全年謝絕與外頭空氣對流，可惜了偌大的庭院，空留青翠草木給知更鳥輕啄巧囀、小棕鹿呦呦漫步。衣物襪盡付洗衣機上沖下洗，再轉赴烘衣機進行高溫酷刑，一周大約一次，一樓盈郁了洗衣精的味道，還有黏黏的思「陽光」情愁。

那天天得穿的內著怎麼辦呢？光這兩三件當然不好意思勞煩烘乾機，免得換來質問：「又洗衣服了啊？紐澤西的電價很貴的，不像臺灣喔！」便順手將衣架勾在窗戶的溝槽內，奢侈享受些許穿梭過層層樹葉的陽光，幾天沒事，天真地以為過關了。

朋友和她的大娘姑（她先生的大姐）之間似乎存在不少芥蒂，偶也會惡言相向、拍桌怒叱，逼著我這寄人籬下的外人噤若寒蟬。終於，有天她貿然推開房門，指著我掛在窗邊的內著和毛巾：「你們把這裡搞成像貧民窟啊！把我給氣死了！今晚通通給我滾出去！」

陽光搶不成，卻將我捲入怒火下的戰爭，燒個情分不留。

在臺灣引以為幸福的陽光味，竟是種褻瀆這高級住宅區的貧民窟氣息。

其後隨著朋友輾轉來到科羅拉多州，寄居另個友人家。說是友人，未免加冕添冠，後來才知她們在臺灣也只有幾面之緣，倒被我的朋友升格到「鄰家妹妹」的關係。

科州是美國中西部的一州，擁有洛磯山脈的最高峰，地形從東側的平原陡然升高到西側峻嶺，這位友人住在波德郊區的大莊園，一如電影《亂世佳人》大農場的蒼茫壯闊，盪坐在簷廊下的鞦韆，雖是六月初仍遠見山頂白雪皚皚，映照著或綠蔥森林或紅土畢露的遠山，偶爾聽見黃鼠狼嚎叫聲、掠過草叢的身影。方圓百里唯有這戶大宅院，光要去路邊信箱取信都要開車或走上十幾分鐘的碎石路，庭院深深倒是提供了與世隔絕的隱私。主人允許我們將衣物、鞋子掛到洗衣間外的簷廊曬，那些埋在行李箱的衣服爭相跳出來「重見天日」。草莽風大，曬在外頭的衣物都得用重物壓住，或大夾子夾緊；高度一千六百公尺已如來到臺灣的清境農場，早晚露重，野生動物多，衣物得早早收進屋內。倘若貪惜陽光，直到晚上八、九點日落前才收，衣物就溼得像可憐人兒讓你跺地搥胸！

我唯一一雙從臺灣穿來的健行鞋，在紐澤西受潮後，偷偷刷了幾次也撒了小蘇打粉，仍散發一股醬菜味。來科州後，終於可以奮力刷洗、狠狠曝曬，多日後稍減為剩菜味。趁友人一行要去逛outlet，我趕緊購入替代鞋，將舊鞋永遠落籍在科州了。

科州友人的媽媽早已明說：「最多就十天，再多會有壓力！」原本不相識，能讓我們叨擾多日，已過意不去，雖然她常自豪之前常常席開好幾桌，招待臺灣來波德的留學生。

這時我才漸漸發覺朋友身懷「舌燦蓮花」之技。她在另個人的姐姐和姐夫的情誼上添花裝飾，講得這人無法拒絕我們跟回加州，好讓她一解思二十年未見的老友情愁。

我內心排斥她的做法，卻得賴著她才能繼續美國行。

到加州第二天，終於見到朋友口中相思的姐姐和姐夫，只是出乎意料，對方根本想不起來，冷淡到沒有請客的意思，最後還是我們三人分攤付帳。幸好，加州的這位朋友慷慨收留，平日還載我們參訪加州好幾個盛名的景點，但讓我最感快活的是她屋後的小山坡。小山坡種植木瓜樹、枸杞、蘋果、萊姆……幾畦菜園，平坦處釘了個葡萄架，利用木架綁拉出三條繩曬衣物，連鞋子也可置放平台上晾曝。友人教我們用澆菜的水管在鐵盆裝水、手洗衣物，她附帶暗示：「這裡的水遠自北加州的融雪，水費很貴的。」雖只可酌量洗滌，但見衣袂隨風飄揚，我的嘴角也往上揚了！

真懷念臺灣無處不飄揚的群衣飛舞，那是最暢快的曬衣殊景。

原載二〇二三年三月《更生日報副刊》

我扛著很沉重的憂傷

憂傷像夕照一樣，以濃烈顏色渲染，在眾人驚鴻一瞥的絢爛背後，悄悄地掩上一層黑幕，一下子就將這些色彩吞噬入口，甚至連自己的影子，也沒留下。當晚風與歸燕在夕暉中盤旋，憂傷已經悄悄升起了。

憂傷像流水，經年累月地往前奔竄，有時輕唱、有時嗚咽。當暴雨來時，也忍不住放聲大哭，但沒一會兒工夫，哭聲也被流水沖淡、刷走。

憂傷像行在森林裡，落英繽紛的夢土，桃花源窅然，在無盡的林蔭道，守著一個洞窟似地，出口卻仍在尋尋覓覓。

憂傷像一張老化的臉。泝流光，密布的皺紋侵蝕；生命的心田，厚厚的記憶覆蓋；咀嚼過千百種酸甜苦辣，卻道不盡一輩子的悲歡離合。

憂傷可以估算嗎？

因為世事從未慣見的偏執，加上氣質敏感，成長環境中嚴肅的必要，便常常苦悶起來，經年不遇的積疊，落到連所謂的哲學也無言以對的局面。但日子仍然要過，每個人仍照著自己的方式生存下去，不能變通的，只好自己回轉，因為天空還是一樣的天空。有時想瀟灑的一笑過眼，但世界卻不曾對你瀟灑過。有太多的人心裡太小，也有太多人的心裡太大，大的看不起小的，小的看不到大的。

憂傷容易換算嗎？

西風橫掃，只是一大片太相似的葉子翻滾，不拘大小在這種一律化的大風狂吹下，想要做一個真實的、獨特的自己，是得付出長期受迫、排擠、打壓的鬱卒，甚且恐懼至精神崩潰的地步，也還不見得可掙出一絲旋轉的空間。

雨絲斜斜密密織就一匹一匹白茫茫的布幔，隔絕塵囂，至於瞬息萬變的世界是由什麼編織的呢？真實和謊言嗎？一線之間，溫柔和傲慢正一磚一牆打造城堡，然而此時城裡城外皆是梅雨吧，如是輕易地無端引起無邊無際的愁怨，緣著枯草黏上蔓野遠方。在夕曛的斜風中，是千軍萬馬的飄鬣，有種萬里平沙的悲壯。我無笳無笛，只能望向天空，看雲行遊，淚灑郊陌，抒發心中鬱壘。一切就麻煩風代勞吧！徹空恆敞，掃盡心中愁悶抑鬱，揚向十里長風，我的憂傷，隨風而逝吧！

原載二〇二一年十月《金門日報副刊》

輯三

書自然，遼闊所在

一世紀的情

午後，這鑲著翠玉的亮鑽在城市中心閃爍熠熠，只消幾步，跨過綠籬，塵落氣閒。湖光水色的粼粼波紋，輝映著閑坐石凳的叟嫗臉上那用風霜鏤刻的皺紋。嫩葉、湖面、暫歇的人們，都禁不住微醺春風的搔弄，「呵呵呵」地抖落了一池的漣漪——擴散、再擴散……

輕掀新羽的白頭翁，在爪哇合歡的老枝間穿梭巧啄：「真歡喜、真歡喜……」流轉經年，娓娓傳述古老的故事：一九〇〇年霧峰林家慷慨捐出「瑞軒」花園，一九零八年建造「湖心亭」供日本親王來台慶祝縱貫線火車通車典禮之暫憩所，自此，台中公園逐漸佔據了台中人記憶中的一頁。北門城樓換了位置，依然不願從歷史洪流中退席，甘心為朱櫓、赤銅帽、一身白和服的「湖心停」守候一世紀，且將此情綿綿無絕。

一世紀的情有多長？

當年趁月色於湖心划著愛戀情愁的青春人兒，在夢迴的記憶裡，都成一首首低吟不已的情歌。夢，輕懸在月梢，漫步在「望月亭」蓊鬱的幽徑，走過東大墩弧丘，瞻仰碑碣深鏤的證言，人事疊山複水，便隨時間這巨輪的軌道「轟隆轟隆」駛向彰泉械鬥、日治殖民、光復交替、民主開放的火煉。而今，吟風弄月之際，也不禁撫今嘆昔、愴然涕下。孔老夫子的殿堂的青苔已斑駁，學子的琅琅依稀耳畔，那座擺渡多少青春歲月的小小拱橋，在垂柳招搖下通向一階階綠蘚的石梯。往事漸次湮滅，光陰繼續綿亙。

一世紀的情有多長？

今月古亭，暗香浮動，樹影嬝嬝，有感於前人蓽路藍縷，合掌虔禱，放下那些已咀嚼過久的悲欣糾纏吧！讓靜好似詩的歲月，在處處綠蔭的幽徑中，一路遞延流轉。

二〇〇八年世界書香日閱讀台中公園徵文比賽社會組優選

原題目為《林蔭中的歸路》

五月鳴蜩

試了音，然後拉起了長管，高吭。也不管閣內老祖母的午酣，也不管底下箕踞靠著樹打鼾的老農：你只是愛唱，就這麼唱出來了！

柏油路熱了瀝青復原，腳板像踏著燙了火紅的炭燼，五月的樹空，也讓你叫得溢了滿天──幾抹梅紅！文學院的長廊闃無一人，蔭涼如幽谷，靜靜地通向另一個夏末的向晚。彷彿聽得清泉泠聲，風在翹兀的樓角迴響；彷彿黃山奇松峋石的空靈幽邃，心在亮麗的晴空叫著。

躺在椅上看書，東風暢盡地送來：一顆軟綿綿的心，滿足舒服，是騰雲吧！雲上的聲音，偷偷地透進豎起的接收器。麻雀，卻也不累，在枝上、地上、地下跳個不停，頭不時地轉來轉去，輕巧掀羽、啄啄翅膀，喚伴幾聲，柔言細語……看著看著……自己倒覺得像是個誤入的陌生客──霎時驚散，點點飛入另一叢中──心裡抱歉地走開。

索性，以書為枕，叫書香和著你的琅琅入夢來吧！

你和麻雀一樣，屬於這季的主人，把我們趕到屋角去吹風扇和冷氣，留著偌大的舞台，得意地拉著沙啞、破舊、千年的老調。好像我們也管不了你似的──像一隻酣睡的懶貓，眄著惺忪睡眼──任你一樹一樹地唱去。兀自問你真的是飲清露？還是要說你太愛炫耀了，尤其是不該在別人傷別離時，鼓起你的熱鬧和興奮，添得愁更濃、情更難捨。何必多事嘛！自有騷人墨客呢！

駱賓王《在獄詠蟬》：「西陸蟬聲唱，南冠思客深。不堪玄鬢影，來對白頭吟。露重飛難進，風多響易沉。無人信高潔，誰為表予心？」聞蟬聲而感身世，少年不堪回首，身微言輕的屈原，只好舒嘯長嘶了！

李商隱《蟬》：「本以高難飽，徒勞恨費聲。五更疏欲斷，一樹碧無情。薄宦梗猶汎，故園蕪已平。煩君最相警，我亦舉家清。」借蟬自喻，仕宦的飄泊與寒澹；情無所依，只日夜流轉的空嘆，而無舉足輕重。

或許該是憾怨！打從心底的長嘶：只一根細細的管子，這委婉的心楚，就穿過了十里長亭，撕向林下捕蟬撲螢的小小心影——一如你的薄羽——冥綠與剔透。愛聽，暑熱死寂中唯一的高音，平添這大地的悠悠如琉璃的夢境，那是種鄉音呀！動心起來的柔楚……喝！原來自己的灑脫何曾真過？踏過成蔭的夏木，想駐足聆聽午晌琴韻，咿！定會童心憨笑展露的滿身滿心陽光。

我始終只是一個羨慕者，對著在風中滌水的柳絲，微微生波，泛綠的湖面，羨慕著；看夕照把長柱的影子，從那邊斜過來，又從這邊斜過去；也聽你唱過去又唱回來。在迢遞平林的斜暉中；在輕嵐的翳入天宇中；在脈脈的水田，白鷺揚起的夏意裡，也沒覺察到新人唱舊調的失魂落魄，你總希望在陽光下展翅高歌；希望把老祖父母愛說的故事，與你的憧憬，一點也不厭煩地——說給人聽。

原載一九九六年六月《臺中市重慶國小校刊第一期》

以淚還淚

滄桑傾注淚水，匯聚成一碧萬頃波瀾，連綿起伏的鯉魚山情義不離，靜靜相倚。鯉魚潭因心音被傾聽同時得到理解，顯得靜謐淡定。

雨來菇——葛仙米藻，刷水渲染過的褐綠色、猶抱琵琶似的半透明羞澀，以一種不經意、脫俗的低調，在鯉魚潭邊的砂石野地上與我萍水相逢。

「看！這就是你剛剛問的『情人的眼淚』！現在已經有人工栽培，成了我們花東餐廳一道私房野味了。」「聽說鐵質高、低脂、高蛋白、飽含維生素，外面覆以豐富膠質，是一種真菌和藻類合體的雨中珍寶，常在大雨過後出現在乾淨無污染的山區草地上。」口舌慾望在七嘴八舌的添油加醋中，被雄雄大火燒灼、沸騰，友人當然順應眾意，快馬疾行，尋一家風味餐廳，點幾道「雨來菇蔬菜玉子燒」、「爽脆地皮」嚐新嚐鮮，特附贈一句：「你們可不要感動到掉眼淚喔！」惹得一夥人笑開爆淚，流下純粹的炙熱。

世間多情濃義，流淚的何止情人？

朋友說：就是阿美族版的羅密歐與茱麗葉，愛情得不到雙方家族的認可，私奔到一片草原後即因體力耗盡，續逃無方，兩人淚盡相擁離世。真情泣鬼神、感天地，遂許他們以淚還淚，滋養出奇妙罕見的「情人的眼淚」。

淒美的餘韻恰巧襯托湖光山色的空濛，冉冉消融在蒼茫色調裡，驀然回顧曾用青春寫的故事或已遠似一場夢。那就等在這塊黏人的土地吧，總會等到一種風景，溫暖了心，攜手走過蜿蜒水湄小徑，走到一往情深。

在愛掉淚的花蓮，以歲月當葦，搖櫓雨夜細流裡，猜，會有真心的「情人眼淚」正潤長著吧！

原載二〇二二年三月《金門日報副刊》

另類空拍

每當遇到有人提起海的遼闊與山的嶙峋，便倏然憶起相隔一座山的花蓮和南投。

花蓮在山與海的交會處，靜靜仰臥在一片寧靜沖積扇上，頭倚著中央山脈高枕，聆聽太平洋經年的搖籃曲，為海天一色做了最佳的代言，讓遼敻更添無邊無際的夢幻。若說花蓮溪潺潺似恬靜的鄉村小姑娘，那太平洋的滂湃便是不可一世的英雄氣概。山以巍峨示我，海以浩瀚喚我，海濤的聲息、山色的變化已悄悄溶入花蓮人的呼吸。所有此地的風雲變幻、花草樹木、人文情禮，慣用了解的眼神安慰我，尤其是最熟悉的美崙山，常以微笑的弧度哂納我的滄桑！

年輕時因工作之故，屢屢如升旗典禮般，將自己莊嚴的拉升到電線桿端，下面賣力喊叫「小心小心啊」的同事，頓時縮形，左右晃動厲害，頭頂上的天空一下子碎了，隨時會塌下來似地，強烈的陽光竟然上下波動，霎時腳酸軟無力，直想癱下……遠方的海，波高濤洶的呼嘯，更驚動一波波無名的驚慌。

颱風是考驗電線桿和土質的嚴厲考官，也是我們生死場的最大判官。

從半空中觸電墜落，瞬間縮成一具焦灼的身軀，剎那間哀嚎聲響徹、要不了多久驟降為低低啞啞的呻吟，若在平地救護車可及時緊急送醫，換成山區，便要祈禱奇蹟出現。

面臨死亡越近，越想跟生死開玩笑，彷彿不忌諱了、豁達了，死神就會輕輕放過。

歷經多次的爬桿維修經驗後，當初的惴慄惶恐仍在睡夢中，以誇張的聲勢咬嚙。隨著身手老練，便對爬桿有種麻木，爬到高處時，也趁隙將眼光馳跨過那片木麻黃、礫礁，望向水平無限延伸的海洋。海是那麼眩目、那麼寬廣，發亮的樹梢恰巧飛過幾隻鷗鳥，風自海上襲向疊嶂群壑，北望美崙山，西眺七腳川山，西南邊是蒼蒼叢林從鯉魚山漫舞過來。群樹錯落處散居一些紅磚牆黑屋頂的房舍，也會有幾間日式建築的木屋蟄伏其中，田舍錯綜，阡陌連連，人間況味幾何便油然而生。相對於電線桿下抽菸，開著無傷大雅的黃色笑話，懸吊半空確有那麼股孤鳥的悲壯與空寂。

有電線桿的地方就有我們的蹤跡，海湄、山巔，就算沒路徑的荒地照樣披荊斬棘，使命必達。來到中央山脈下這個用其「特有的韻腳，連唐詩也嫉妒它的絕妙」的林田山，因為蘊藏紅檜、扁柏等豐富的林業資源，而被稱為「森坂」意指「森林密植的斜坡」——日本音「摩里薩卡」的臺灣第四大林場，曾經締造歡騰一時的山中「小上海」。現在的林田山雖洗淨鉛華，但仍留存完整的伐木基地與景觀，滿壁的唱片彷若正悠悠放送一場昇平歌舞，一階階斑駁青苔的石梯，傳述當年伐木榮景。「六角仔亭」上的楹聯：「綠水本無憂，因風皺面；青山原不老，為雲白頭。」唉！山水有情、歲月卻無情啊！連陳舊的檜木屋也透出深沉的喟嘆，歷史的失落與時間的虛無，不時地撞擊我年輕不安的心。

相對於林田山的沉重，富里鄉六十石山就顯得清朗多了。為山坡鋪了一大張橘紅絨毯的金針花，舉起一支支金黃色的小喇叭，齊聲奏起慈母頌的光輝。居高臨下的山形，正位於海岸山脈的最高點，眼下即是縱谷，棋盤式稻田正是孕育「富麗米」的搖籃，彷若小瑞士的青翠緩坡，到處洋溢母親芬芳氣息，草原上牛犢羔羊觸動童騃舐乳的記憶。工作之餘選一處遺世獨立的涼亭，坐看雲起雲湧，俯瞰數大成美的花「原」，獨享我的忘憂時光！

古樸的銅門吊橋橫跨在蜿蜒險峻的木瓜溪上，不僅揭示台電工程的浩大及人力技術的可敬，還訴說山靈的神秘與自然的敬畏。細雨下站在橋上，馳騁幻想，任心中難以言喻的苦楚，在薄涼山風裡逐一沉澱、釋放。形如彎月的峽谷，大理巨石林立，氣派雄偉；淙淙湍水將千古寂寞紋身在岩壁上，訴說淒美的旅程。截取木瓜溪水的電廠就有八座，其中龍澗發電填，碧波瀲灩，群山環抱下散發特有的秀麗高雅，有時還真有股衝動想縱身泅泳其中，濯足、滌纓呢！木瓜溪支流之一的清水溪，溪如其名，水清透得無與倫比，且因內含碳酸鈣，在陽光輝映下閃爍出通透的寶藍渲染碧綠，是無可取代的驚嘆號啊！

年過不惑，還得懷滿腹迷惑溯立霧溪往上游、攀過了中央山脈，方位變了，雖然站在電線桿上望不到海峽，依稀可嗅出與太平洋不同的海風味道，心跳提示我，離原鄉更近了。

「請將無限的柔情還原於我，讓我輕盈的夢，載著一罈的思念飛回故鄉……」我無法用高山深海丈量對故鄉的思念，我是誤入桃花源的過客，花蓮的山與海雖是我精神皈依的地標，而埔里製糖廠則萃取我童年的甜度，蔗田是我溫飽的大地之母，馥馥蔗糖，在我成長過程中，始終是稀釋悲涼、添加甜蜜的調味料，讓我的夢會笑！糖蜜滋味沿著鐵軌綿延，童年追搶蔗枝的戰場，帶著投機的竊喜和工作人員玩官兵抓強盜，糖官其實也是嚐著疾苦的百姓，了解損失不了幾支甘蔗，把驅趕孩童和嗆罵幾句當作生活遊戲，順便遂了孩子嚐嚐甜頭的饞足。

小火車嘟走了童年時光，山城嗅不到蔗糖香了，換作酒香暗浮！

工作場域也從海味更換到山珍。山城的各水壩和電線桿是我遊走的方圓，開始認識截水里溪的明潭大壩、明湖水庫，是為了「水力抽蓄發電廠」而建的人工湖泊。深入山壁地底的廠房鉅大工程，著實叫我瞠目結舌！呈彎鐮刀型的水庫，利用每日水位落差二十八公尺的變化做抽蓄發電，上下池的水每日循環運用，供電量也可依離、尖峰時間自行調整，不僅少了核煤發電的污染，呈現出的明媚山色亦如夢境引人傾往。

我上下求桿，高據湖頂，風從水面掠起沁涼穿過我身體，鼓動體內一陣陣的氣流，就要將我提掛滑翔起來。我，有時是隻飛鳥。

趁工作之便，飛近水湄一親芳澤，醉眼於黛綠綢繆、山嵐繚繞裡墨瀋淋漓。因岩層成分和陽光照射，時而淡奶綠、有時又滲入幾抹淡雅的土耳其藍，這是網紅景點武界壩，位於曲冰到武界間，擇濁水溪河床最狹窄處而建，已是百歲的攔河堰！它的功用在攔截濁水溪主流及其支流萬大溪的溪水，透過引水隧道，將溪水送至日月潭儲蓄、調節，再導入發電廠發電，堪稱是複雜精密設計的史上巨作，歷經十七年才完工，可見一斑。引水或電纜跑的隧道，往往增加工程艱困的挑戰，原始鑿痕、深邃隱密卻饒有古意，大觀電廠外的「大觀古隧道」常讓我誤幻自己是即將通往異世界的神隱老男。

時間踟躕、迂迴跟電的特質相去甚遠。而我倒像蝸牛，將自己拉出一道道長長的黏液，在一支支電線桿上。

有燈光才像一個家，我們負責輸送家的基本成因，即使海拔一千五百〇九公尺的武界山也不例外，山頂東側坡面因被開墾成高麗菜園而造成土壤鬆軟滑動，電線桿因此傾斜，確保送電安全無虞是職責所在，也是同理心的驅使。電線桿讓我們高人一等，眼界飛越眾山小，一覽橫屏山與獅凸魯山縱走稜線上的雲霧縹緲，我成了空拍機，俯瞰腳下不遠的短尾葉石櫟、稀子蕨，還有臺灣杜鵑。

這是我頭一回與臺灣杜鵑原始林相遇，大片成林的杜鵑花，一盞盞白色燈光，細看還拉著粉紅斑點的鎢絲線，倚靠雲霧帶大崩塌後的石堆中，蒸騰的白茫雲海填滿整個山谷，俏皮地和千變萬化的光線玩起捉迷藏；若巧臨夕陽時分，金黃色澤將雲海染上五彩繽紛，那種迷醉會像雷轟一樣叫人難忘。

攀附電線桿的日子像一部偵探懸疑小說，場景通常是充滿焦慮的星球。繫著掛桿袋，腰上還有工作袋，偶爾隨升降機升到電線桿端，大部分都得踩ㄇ形梯往上，維護高空輸電線路、礙子和線路檢修、進行纜線和熔絲鏈開關更換，當然停電大追查是最常出場的情節。勘查現場，不得不由衷訝異這些喜纏繞盤爬的蛇，動物界體操選手的松鼠，麻雀、小卷尾還是白頭翁，誤觸斷路器疑似自焚引起斷電的無辜屍體，唯能就地默哀片刻。每每碰到配電線路維護、需登高塔的、需要高體力的外差，我的心湖就再度被攪成濁泥。那畫面經年後仍驚悚：新人在處理魚塭用電跳電時，因為對線路不熟悉，忘了做驗電的步驟，以為沒電了，誤觸到高壓電，剎那間，發射火箭似的就噴到另個星球了。

站在電桿上的高空，曾想過以彈跳的方式，像一注陳年紅酒流瀑似的灌入晶瑩的湖面？還是該學飛鷹精準俯衝到愛人懷抱，及時遞上一句「讓我來生好好愛妳」？或撈起彩霞乘風快飛，拋給地面的考古、太空專家皓首研究爭論不休？若可以選擇，我想要在千卓萬山、奇萊山看山看雲，當作是滔滔浪潮，奔騰著洶湧的思念只滾向潔淨的細沙，拋個千嬌百媚的眼波給縹緲的青黛翠巒，山海連袂，緊緊摟抱住我多情的思懷。對了，倘若在八通關遇到熊，我才不想把樹當作電線桿爬，寧願坐在杜鵑花下和熊說說腳踏實地的實在感。

原文《站在電線桿上》刊載二〇二三年七月《上下游副刊》

誰在彈琵琶

走出巷弄，海風翻浪拂來，寬闊的青青草原映目，藍空卷舒的白雲，將小徑引入架在卑南大圳上的綠水橋。取名「綠水」應有嚮往之意，實則黑水奔流赴海，也幸有此沃潤黑土方能滋養出這偌大的木麻黃林，稍擋老台東人喊怕的東北季風。渡橋，洞見匯聚三種利多且罕有的地質現象：河口海濱溼地、地下湧泉及出海口被沙嘴阻絕，遂巧妙造就了一支遺落在黑森林的琵琶湖。

原來呼喚民歌手歸來的「沙城」，就是負有花東第一大溪盛名的卑南溪的傑作，這首在夐虹詩裡詠唱的黑色長歌，源起中央山脈關山東坡，在中華橋下跟三角洲道別，沿途蒐集了七個鄉鎮、八十四公里的故事。古老的卑南人都聽說，每個月出、野狼嘷叫，在滔流裡，總會聽到都古比斯閃電般的腳步聲伴著喘氣，從關山到台東，生養了綠禾、造就了米國茶香。

我學不來古人「心遠地自偏」的風雅，但隨興的走個數百步路，在城市的一角，一方微風細草岸，靜望碧湖，方便收拾情緒的波瀾，即是我的秘境。

如鏡的水面收留天空的眼淚和樹影的孤高。我一絲的孤意與心事，用蓮葉裹著藍紫色擲入湖水，在此傾訴千古遠方多少潮事，滲流眼眸伊於湖底，一滴淚或至潸潸，對其水量何曾改變？在我之前她已流動過多少年代。賞鳥小屋試圖用眼擒獲偶爾飛入的鳥，翠鳥可不那麼容易就範，俯衝獵魚，身姿矯健，生存是大自然唯一入選的標準。魚蝦也「賴」來湖的訊息：屈原何在？否則他必然又會寫上一篇浩劫賦，控訴生態破壞嚴重到搖撼他沉睡千年的老靈魂！二百八十公頃內每一根倒木都見識了二〇一六年七月八日尼伯特颱風的威力，一年多來無不忙著為自己縫製一身綠茸裳。

要不，就說近一點的白居易吧！是否也微微惆悵：誰還在彈琵琶？是天空用雨彈琵琶吧，一曲水舞跳得淒淒切切；風用漣漪彈琵琶，同心圓圈了又圈；晨曦以金黃陽光彈琵琶，天光雲影共徘徊；雙燕用水漂兒彈琵琶，幾迴輕漾已花落；我每日驂乘晨曦，不斷的用腳撥弄這用美麗回答一切的淨湖，騁目所見：倒影如夢似真，醉人不休；索性閉目，縱心所往：似乘風而起的扁舟，櫓槳漫划於水草溯映淨石的湖心。啊！此時最宜倒杯蝶豆抹茶的琵琶水，邀美的冒泡的海岸山脈乾杯吧！容我再用心弦彈一湖琵琶行再起：紅嘴黑鵯嬰兒的啼聲、紅鳩的咕咕咕、魚浮出水面之咕嚕，雁鴨啄食蝦蜉的噗哧聲……頃而嘈嘈切切，在最如癡如醉之際，忽而嘎止！噓……請呵護這靜好的夢——繼續流淌喔！

原載二〇一八年四月《更生日報副刊》

台東泡風景

之一、鐵皮屋群聚

太平洋在不遠處一點也不客氣的餵飼台東人風沙。騎車穿梭的婦女無不用花花綠綠的布罩蒙住眼以下到頸部，成為市區一特景，她們說：夏日防曬，秋冬是防風沙啦！因去年強烈颱風狂斬臨海的木麻黃，今年風吹沙特猛。市區販厝為了爭取在營生的店面多擺上幾張桌椅，不僅簷廊都加蓋鐵皮，佔據所謂的騎樓，還一戶比一戶大肆延伸鐵皮的屋頂，尤其是老街或市場附近，越熱鬧的地方就越嚴重。行人與車爭道不打緊，連要躲個毒陽和沙塵都難！鐵皮屋在台東處處佔據視線，平房也罷，樓房也是，除了屋頂還有外牆面。台東人說因為地坪小，若再用磚塊砌、水泥糊，那還剩幾坪可住人啊？也有人說，搭鐵皮便宜多了，台東除了吃公家飯之外，大都從事農作或餐飲，年輕人幾乎都是基本工資！

沒料到才歷經一次颱風，房東今年剛完工的新屋側牆竟然滲水，四樓頂的玄關和一樓客廳也淹水了，讓我見識了這裡西北颱的威力。房東推敲說是風太大了，把雨水擠進門縫、窗隙、磚牆孔，他會叫工來搭鐵皮。喔！原來鐵皮屋會蔚為一觀，防颱可能才是主因喔！

最網紅的就屬海濱公園附近，號稱台東霍爾城堡的多媒體藝術屋了！據說是老榮民將撿拾回來的材料搭建，有鐵皮、有木材，一層一層往上堆積，如今成了遊客必來景點，即使是違章也不敢拆了！沿著自行車道往太平溪口，沿路幾乎都是鐵皮平房，門低得比阿美族的家屋還低，恐怕都比當年晏嬰出使楚國差點被逼走的小門更低吧！牆面是補過又補的鏽皮，屋前披披掛掛著衣物，舊腳踏車……唯有狗還是一樣盡忠職守，對著路人吠個不停。我想，是顏回的屋子簡陋，還是這屋更簡陋呢？

之二、市場的富人

中山路上題著「台東市中央市場」的木牌坊透露篳路藍縷的歷史，走進入口第一攤，這裡有位世上最富有的婦人陳樹菊。佝僂著彎成三十度角的背，仰頭招呼顧客時也往往看不到人家的眼，老邁的踏出步伐，大半時間打著盹補眠。來往的人好奇地看了攤位一下，偶爾有人停下來交關一下。朋友說跟她買菜就是做善事，因為她會用你的錢去行善。為何她的攤位前冷清無幾人呢？台東人說：因為她的東西比較貴，當地人大多數不會跟她買。她的攤位有層次感，一籃籃歸類整齊，從底層斜斜的往上擺，讓人一目了然她所賣的菜貨。曲高和寡，在市井裡同樣冷冷清清嗎？（這是二〇〇七年的事了。）

之三、夜市水果街的多多益善

正氣路平日是一攤攤水果，也有菜、零食。假日或活動日時封街成夜市，盞盞紅燈籠高掛、燈光熒灼，營設出傳統的廟會氣氛，自是吸引人快步趨前，每個小小攤位各有特色，大都是年輕人掌櫃，比起西部夜市少了些熱情叫賣吆喝聲，多了些自在。因此嗓門拉高的水果攤自然又吸磁了！賣釋迦的老闆娘從越南嫁來，穿著下地回來的農裝，斗笠還來不及摘下就殷勤地招呼客人：「都是我們自己種的，早上才剛採的，很新鮮很甜的！吃看看……」個子嬌小人卻海派，撥下一塊塊釋迦給圍觀的人品嘗，攤位上時時有人流連，不時也有人提著一盒盒離去。她倩笑著對顧客說：「我們的東西都是自己種的！香蕉也是喔，而且是自然熟成不是催熟的，大家可以放心吃！」問她故鄉好還是這裡好？她回答簡要：「都好啦！故鄉多親人，這裡多工作。」可見她是喜歡多多益善的！

之四、鐵花村遺失了我

那股委婉清幽的胡琴聲汩汩而出，遠遠的甦醒了漸暗的夜色，心情隨之停下了腳步。小小攤位擺放自己設計的木作桌燈，每個都是唯一無二的，散發古樸的調性。婉約的女人拉著胡琴，年輕的男人彈著吉他，古今中外結合，竟也不覺突兀，反而從低沉裡拉出悠揚的流線，從單滯中飄出年少的況味，因此曲目更寬廣了，有時是熱門追劇的主題曲，有時是兒童熟悉的天空之城；看看年輕人多了，就來首盛紅的流行歌曲……一首又一首，讓人忘記時間，忘記接下來要去的地方，情願被一盞盞木雕花燈罩裡散發出暖黃燈光迷惑，寧願留在隨興曲裡，凝住時空，渾然忘我。

自此而後，我總想排除萬難，在周休夜前來鐵花村的文創攤位，再次地搭乘弦樂飛碟，在這裡遺失自我。

原載二〇二一年四月《更生日報副刊》

記憶，沙沙迴響

那一年我客居寶桑─阿美族語「狀如帽子的山丘之地」。住處往右第二間矮屋，因著那面搖曳的國旗而使斑駁的門面吸睛，繪滿算命、風水堪輿的廣告，手寫的漬黃漫漶字跡，不言而喻了它的歲月，靜默的難以聯想這富光書局曾是台東文藝街頭活動的起源，在六十年代風華更勝如今的誠品！

房東提及：他們的媽媽有日本血統，爸爸是手風琴才子。假日，穿著和服的少女搭配手風琴引吭，一曲曲東洋風味的歌聲，吸磁在地的文人雅士聚會，那時集合三間戲院的寶桑啊，彷如小東京。暮靄方淡，街上已掛起一盞盞燈紅，叫賣聲此起彼落串連起夜晚的熱鬧，猶如另幅「清明上河圖」。

租屋轉角對面的鐵皮小吃店，竟是當地人聊起仍咋舌的「有生飯店」，曾創下一天賣出一千五百個便當的輝煌史。再往海邊方向移步即見斗大幾字「寶桑蚵嗲」，以及路口往右第三間復古藍窗櫺的仙草屋，皆為網紅必打卡處，同樣也黏存了不少遊子齒唇的懷鄉吧！繼續往東步行約五公尺，現為提供全台東白麵的文寬製麵廠，據說是二次大戰供應日軍物資的製材廠呢！

舊城的記憶該以寶桑當起點吧！十九世紀隨沈葆楨從福建沿海首波遷台移民，可由建廟近百年的天后宮內的「靈助平蠻」「靈昭誠佑」兩塊光緒賜的匾額，明顯可證漢人遷墾寶桑的事蹟，現時的天后宮雖是祝融後易地重建，仍屹立在不遠處的太平洋一點也不客氣餵飼台東人的風沙裡。

我駐足福建街戲院舊址，俯仰之間已不復見彼時風簷燕，唯太平洋鹹鹹沙沙的記憶，不斷在我心中搖旗吶喊。

原載二〇二一年十月《金門日報副刊》

台東泡故事——縣道故事不設限

掠過人喧車多的省道，尋訪縣道或鄉道來個一日探險，不經意邂逅私密景色，是我享受生活的一種方式！穿過梯田階階的嶺峰，古橋橫渡的清流，不時還會撿到酸甜苦辣和回甘的故事，時空暫替，置身到別人的人生裡。人生還在繼續，故事就會傳述永遠！到了不得不道別時，一種對生命依依的感懷填滿心囊。

東一九七縣道的富源社區，散落在海岸山脈尾端的富源山，觸目驚心排列一片帶狀寬約兩公里，深約一公里的土質微利吉層的懸崖，據研究推論是堆積在海底的泥層，經地殼板塊運動擠壓而成。土壤鬆軟，雨水沖刷成一條條縱向的溝槽，寸草不易生長，荒涼光禿，人稱為惡地。途經星星部落，已看不出是早期開發休憩且鼎沸一時的觀夜景點，沿路只剩一兩間羊肉爐、寒舍茶館和新麗農場。

從岩灣過來，很快就看到美農高台的冰棒屋，賣的水果原汁冰棒和冰淇淋，味道真實。富源高台是友善的農民無私開放，是對望綠島、俯瞰海岸山脈潛沉入海的制高點，一座涼亭、一片綠茵帶給遊客無限的舒暢！武陵綠色隧道二六二六市集設了一間誠實商店，考驗了人心的貪婪，一不小心變成了「誠是傷店」。市集旁茄苳樹下的菜攤子，是一對從水往上流的都蘭山下來的老夫妻。每周六、日會將自家種的水果和自製的蘿蔔乾、泡菜、豆豉等運來綠色隧道擺攤。阿公說以前生意好的時候，一輛遊覽車下來的陸客，就把一攤子的東西全買光了，有人趁亂還沒給錢呢！等想到時，「喊也喊不到了」！這一兩年差多了，擺了兩天東西也賣不完。阿公說他六、七歲時就跟阿爸從新竹搬來台東都蘭山上，開墾了一塊地，現在開民宿，種植果樹。阿嬤是從基隆移居台東鹿野的。「剛開始，生活很清苦啊，都是小時候的事了！」他們異口同聲說。

市集的包子店內九十多歲的阿公是老榮民，眼睛好到還可以看報紙，唯獨耳力有些背了！戰後被安排到鹿野來開荒，因為在營隊當伙夫，學了一手山東包子的手藝，退伍後就在屋前老樹下擺攤，現在給兒子和媳婦做了！問他何以會選擇居住在這裡？他慢條斯理地回答：「那時授田，有些追隨政府來台的老兵，因為退除役或轉業等緣故，希望政府在完成反攻大業之前也能給他們回饋，所以對於不想在『光復大陸』後再來分地的榮民，退輔會在一九五七年開始是在宜蘭大同農場進行授田，後來才在花蓮壽豐、台東池上、屏東隘寮、嘉義、台東鹿野等等農場，陸續戰士授田供榮民開墾，讓想留下的戰士把臺灣當成『落葉歸根』的地方……」一旁的兒媳婦怕我們聽不懂她公公的鄉音，把話搶過來：「大部分的人都選擇換錢，到城市去生活；他喔，很聰明喔，選擇換好幾公頃的田地！」「為何選這裡？蠻荒涼的！」「以前這裡有好幾千戶人家呢！過年時在樹下席開幾百桌，大夥兒吃完年夜飯後，打麻將、喝酒，老兵嘛，在一起無不吹噓當年抗戰時的英勇事蹟！每年聽到耳朵長繭的大兒子氣到連聲罵：『你們這些老兵，把大陸都打輸了，還提什麼當年勇？』我公公也不服輸，回罵：『我們在打仗時，你屁眼都還沒呢！』眼下父子掄袖就要幹起架了，大家紛紛勸架，幾個壯漢趕緊拉開他們。」像他們這樣留在家鄉的第二代極少，大部分年輕人到外地求學，幾乎都留在都市發展，現在剩不到五戶，有一兩戶還是近年來返鄉賣咖啡的鮭魚族。

純樸的村人樂於和旅人分享生命中的故事，願意拿時間奉陪的客人，或許正是他們盼望的魚雁，當他們望著逐漸走出這條充滿樟樹芬香的綠蔭鄉徑的旅客，生命的故事彷若一絲絲的被拉捲飛出，投遞到千門萬戶，聽見他們的存在！

原載二〇一八年四月《講義雜誌》

台東最美麗的畫卷——十月秋色長廊

幾陣秋雨，將森林公園催成一處處的姹紫嫣紅！

從琵琶湖通向活水湖綿延幾百公尺的變葉木長廊，變化多端的色彩，果然不虛變葉之名！平日著綠衣毫不起眼，九月到十月月變裝成兩座湖畔間最亮麗的主角！迎著晨曦來，踏過湖中木橋，便被紅、黃、綠、紫黃的繽紛吸睛，不自禁向前近看，或細條或寬長的葉片點綴著大小斑紋，讓顏色更添變化！哈哈！連小蝸牛也擇其葉當成安穩的睡榻呢！這變葉木別名「撒金榕」還真名符其實，不就真是撒上一地的灼灼豔光嗎？每個轉彎處都叫人驚豔，色溫分明，層層遞送秋色，接攘到青荇蕩漾的千里煙波……

誰不陶醉？醉在一步一秋色的美麗裡。

而美麗的東西卻不堪無情手之攀折，造物者也生憐花惜草之情，便在美麗外表賜予毒液，制止辣手摧殘！當知曉變葉木乳汁的毒會引起腹瀉，也已實驗證實含有促癌的誘導物後，賞景之悅是否微微低落？這是美麗代價的另一面。人生不也常遇到用美好來包裝傷痛，用笑容暗藏禍心嗎？金玉其外的雖未必皆是敗絮，但現實往往解構了想像的虛幻。

單純賞景，遵守愛護自然的守則：用心和眼帶走最美的典藏，那毒汁，干卿何事？

點燃無邊秋色的還有臺灣欒樹，碎小的黃花和燈籠形的紫紅蒴果，映入碧澄的湖水，滿徑綴撲黃花……喔！也別遺落了水黃皮的細細紫花兼細雨，點點滴滴到清晨，叫秋更濃更深了！

原載二〇一九年二月《更生日報副刊》

《流浪者之歌》中之成長與抒情

彷徨少年時你可曾頻頻扣問苦澀青春：人生的目的為何？生命的意義是什麼？來自何處？歸向何方？

這是生命的大哉問，也是古今中外的哲學家、藝術家以及文學家不斷探索的命題。

赫塞在《流浪者之歌》一書中把人分成兩個自我：一個是存在內心裡不斷想往上追尋心靈的我。另一個是在現實裡有諸多牽掛礙心、世俗歷練的我。

在生命旅程中，我們都會遭逢親情、友情、愛情、財富、權利、生死等等的牽絆、考驗、束縛與迷失，但猶如美國記者卡羅爾・史密斯就認為：「痛苦是生命的一部分，也是癒合的一部分。」在人生這條「不如意十之八九」的河流擺渡，我們就要不斷的思索、從錯誤的經驗汲取智慧，用智慧去型塑微笑的曲線、去釀造甜甘納豆，彷彿蕭邦的小狗圓舞曲，在滑稽的醜態中看到趣味，然後釋懷，甚而可以與其共舞。

智慧從何來？書中寫到：「知識可以言傳，但智慧卻不然。」智慧是存在於各種生命遭遇的包容裡。追尋智慧之路，必須經歷一切，才能超越一切。生命還是得在生活中體悟，以堅苦的精神跋涉、追尋智慧之路。

生命長河悠悠潺潺流淌，在河流兩岸間擺渡的是什麼？到達彼岸又想競尋什麼？在此岸戀著彼岸，跨到彼岸又不捨那岸，慾望的意念相疊又堆壘，擾亂的心永無寧日！

人生不就是一場流浪嗎？在生死之間流浪。而流浪不就是為了尋找一條回家的路嗎？

一本不容易讀懂的書，在歷經煙火風雨後的初老再讀，好像讀懂了一點。毛姆說：「養成閱讀的習慣等於為自己築起一個避難所，幾乎可以避開生命中所有的災難。」我在悉達多的顛沛流浪記中卻找到心靈的「白月光」，除了鍛造自己的文字外，更重要是鍛鍊了面對困頓、生死變化的強度與一生風雨的禪定。

人生旅程，天天在流浪。「流浪，本來就是一條回家的路。」回家的路又是一條時刻在世間相擺盪、迷失、似有似無追尋的生死流浪。

生命如一條河，分秒變動卻又沒變。抓不住過去、截流不住未來，唯有當下。「歲月如斯」的逝水，你聆聽到什麼？可曾聽到內心深處的聲音？可探索出生命的實相為何？

智者如悉達多尚且要多次往來精神、物質、愛欲財富的彼岸，最後還是回到這條河，這條充滿抒情哲思的長河持續不斷地流著，最後他才體悟到自己也是一條河。何況欲深平凡的我？少年的他、成年的他、老年的他，都在這條河體證智慧是存在各種遭遇的包容裡，最終在潺潺長河的教誨下聽出了圓滿之意，成為一個與大化之流融合的人，感懷慈悲憐憫之情。

而且除了自證悟道外，他也是歷史長河裡渡人的舟子呢！

原載二〇二三年五月《金門日報副刊》

追憶搖花樂與愁——讀《琦君自選集》有感

家鄉，讓離鄉背井的人，多麼魂牽夢縈啊！

琦君的鄉愁瀰漫在香氣的雨絲裡，細細碎碎，往每個可以懷鄉的隙縫鑽入，宛如窗口淡黃色的桂花，一撮撮深藏綠葉之中，散發清香，似有若無，卻又鋪天蓋地。琦君拾起那味道，把家鄉寫近咫尺內，用神來之筆將濃郁的鄉情化作淡淡的惆悵，筆下的花也都帶有如煙夢裊裊的芳香，讓人讀來，嗅覺、視覺全張開以感受她的溫馨與相思。搖下的雨花落得滿身、鋪得滿地若金沙，搖出了她父親的詩興：「兒童解得搖花樂，花雨繽紛入夢甜。」[6]而搖下的豈只是花？

除了木樨花，《下雨天真好》裡的玉蘭花也開了滿樹，還有《想念荷花》裡以荷花為圓心，往外鋪寫所有與荷花有關的事物，包含植物、人情習俗（荷花燈）和親情（母親做荷花甜食），甚至詩歌、繪畫均入文章，細膩工筆盡描繪出琦君搖花之樂與愁。

兒童搖花之樂：從兒童敘事視角打開記憶的盒子，寫不盡的家鄉舊事、懷念不完的家鄉

6 琦君《桂花雨》，臺北：爾雅叢書，2006年8月，第151頁。

人。琦君以「情」筆描寫人事之「情」，寫出了一本本巨大且纏綿的回憶錄。懷舊文，寫來真實自然，緩緩敘述看似淡忘卻又渲染有致的童年記憶，「悠遊、自在。那些有趣的好時光啊！我要用雨珠的鍊子把它串起來，繞在手腕上。」[7]《紅紗燈》透視出琦君生活的點滴和情趣，她愛人，也民胞物與，寫了「心中愛犬」、「惆悵話養貓」貓犬情事；對舊的小擺飾同樣懷著眷戀的韻味。她總是在最細微的草木人物裡，寫出了最細膩、最溫情的滄桑，難怪楊牧說她「只維持童年時代簡單的口氣，看似駁雜，其實是最嚴密的技巧——童年觀察環境的眼光是今日琦君人情通達的心思還原後，無阻礙的直接的投射。」[8]

講的是市井小人物，卻能於平淡中寓含道理，鄭明娳曾言：「潘琦君的散文，無論寫人、寫事、寫物，都在平常無奇中含韻至理，在清淡樸實中見出秀美；她的散文，不是濃豔抹的豪華貴婦，也不是粗服亂頭的村俚美女；而是秀外慧中的大家閨秀。」[9]琦君筆下的人物，靠著觀察入微，無不活色生香、躍然紙上，品味出「外祖父的白鬍鬚」裡細緻如桂花般的溫情。「我的童話年代」文如行雲流水，有緣野仙蹤之趣，處處透露著高雅的氣韻，以自

---

7 琦君《琦君自選集》，臺北：黎明文化出版，1976年7月，第55-56頁。

8 封德屏〈臺灣現當代作家研究資料彙編12琦君——楊牧（留予她年說夢痕序）〉，《台灣文學館》，2011年3月，第157頁。

9 鄭明俐《談琦君散文》，臺北：《文壇》，第189期，1976年3月。

然之事，寫真實之情，無怪乎林海音說琦君「一生兒愛好是天然」。

女性的搖花樂與愁：從女性角度彷若手拿仙女棒點畫人間無數情事，剎那間平凡即化作繽紛！儒佛的寬恕悲憫自小耳濡目染，因此「小小顏色盒」裡蘊藏著君子不度小人心的寬宏與坦蕩，一般人收到舊盒子大概會視之敝屣，琦君卻喜若獲寶，她在乎的是情感而非物質本身。她筆下的人物多以小說的筆法呈現，《髻》、《阿玉》透過對人物的動作、對話的描寫，吐露出女性內心世界幽婉的律動。李又寧認為琦君作品成功在於：「不但用至誠、至愛、至敬描繪她的母親、父親、師長，用幽默和風趣寫她的先生和兒子，就是乞丐頭子三劃阿王和嗜賭遊手肫肝叔……在人海中，她隨處尋覓溫暖、記述溫暖，散播溫暖和安慰。」[10]家庭、恩師、友情是她作品中最常出現的題材，也是她生命的泉源，《第一雙高跟鞋》追思為她做高跟鞋的阿榮伯，充滿了相隔三年直到高中畢業回家後才得知阿榮伯已去世的遺憾！生命中的惆悵已悄然烙下，人事的悲歡已然上映。《第一次坐火車》已然感受到父母親漸離漸遠的關係。《小玩意兒》隱藏著父親帶回姨娘時，母親的淚珠重複著婆娑世界的苦。

現實的苦難誰沒有，但經由琦君悲憫的漏斗篩過昇華成淡淡的愁。琦君如是說：「我大半生中所遭遇到的許多事、許多人物，並不個個都像我回憶童年文中的人物那麼純樸善良。

10 封德屏〈臺灣現當代作家研究資料彙編12琦君——李又寧〈談琦君的散文〉〉，第160頁。

年輕時，我想寫那些人和事是由我的厭惡與憎恨，現在已沒有厭恨，只有同情與憐憫。」[11]尤其是女性角色的處境，她無不試著去理解和記載。

今人追憶搖花之愁：由今人憶往事或看當今事，琦君都是見微知著，哀而不傷、含而不露，如《毛衣》、《三更有夢書當枕》、《西湖憶舊》、《浮生半日閒》，以「懷舊」的筆法抒發感懷，為過去的時代造相訴說著基調相同的古老故事：溫馨中透著幽幽的愴痛，以主觀經驗來敘寫她曾經歷的生命事件，來詮釋、認知所存在的生命情境，今昔對照、文末總撫今深嘆。

體味搖花之溫存：生活移植彼岸，歲月洗鍊，胸襟馨香仍永傳，《夢裡依稀慈母淚—媽媽銀行》被叔叔騙錢的母親，非但不念舊惡，還拿錢給叔叔買新衣的慈悲心腸。琦君遞經喪亂、備嘗憂患，筆下為何仍是溫情輕觸？從琦君自選集中寫作回顧（代序），似乎尋著了相關的蛛絲馬跡。她師承夏承燾國學大師，覺得老師的話如名山古剎的木魚清磬敲進她的心靈，時時感念夏老師的詞和誨諭，其中有句詞，琦君還拿來當作書名：「留予他年說夢痕，一花一木耐溫存」，讓她歷經生活中諸多的困頓後懂得人掙扎活下去的不易，因此更值得讚美；「我也懂得如何以溫存的心，體味生涯中的一花一木所給予我的一喜一悲。」[12]琦君為

11 琦君〈讀〈移植的櫻花〉——給歐陽子的信〉，《與我同車》，臺北：九歌出版社，1979年，頁180。

12 琦君《琦君自選集》，第195-196頁。

了他年的印證，勤勉踏實的刻劃了故鄉懷舊的夢痕。除了啟蒙老師、夏老師外，跟她最親的那位慈善的財神爺——外祖父，對戲班子、對螞蟻、對乞丐均以慈悲心去佈施，不去計較是否被騙。她是承襲這些人的寬宏大量，所以對小叔叔、二乾娘、五叔、偷她好不容易存的十塊大洋的長工女兒，也是懷著美好的期望，對人世間的愛恨界線早已不再計較。

明白琦君原來服膺的是喬治桑的文學主張：「我所寫的是我所希望實現的美好面。」「妳不要太清醒了！太清醒，這世界就不值得再逗留。」[13] 更覺得她飛花輕似夢的童年，少年輕愁寫來都是清新雋永、歷歷如繪，溫柔敦厚極了！

琦君往往在不自覺中，超越人性善惡、好壞，使她的作品增添了讓人細細思量的深度。內蘊中國文化和文學的韻致，傳統散文的委婉之情，本著自傳體的記憶，自由進出今昔的時空門，成人的悲憫交織著童年視角的天真純潔，在《自選集》代序中，有這麼一段文字：「每回我寫到我的父母家與師友，我都禁不住熱淚盈眶。我忘不了他們對我的關愛，我也珍惜自己對他們的這一份情。」[14] 琦君描寫以母親最多，外公次之，遙念在母親故鄉永嘉和杭州生活的記憶有關。懷人兼懷鄉，形成細緻綿密的懷鄉網絡。琴心夢痕縈繞後散開的煙愁，過往卻不如煙，倚著樹籬放歌的琦君也並不寂寞，越來越多「揹著生命的包袱向前走，不要

13　琦君〈與友人書〉，《煙愁》，臺北：黎明文化出版，1976年7月，第13-14頁。

14　琦君《琦君自選集》，第14-15頁。

怨望、不要徬徨。」[15]的讀者，徜徉在她有情的筆端，傳薪心中的愛！

原文得到二〇一八年中央大學琦君心得寫作佳作

15 琦君〈聖誕夜〉，《琴心》，臺北：爾雅出版社，1987年，第25頁。

孤獨的行星趙春翔

站在這幅以東方同心圓的意象和傳統水墨鳥窩構圖的《母親的生日》畫前，可以深深體現畫家意圖將重視家庭倫理的儒家文化融入。據解說人員說平日就熱愛鳥雀的趙春翔，畫中常以鳥群喻家人團員。

或許這是畫家一生漂泊孤寂的缺憾反射吧！烽火連天、顛沛流離是出生於二十世紀初華人共同的遭遇。趙春翔身處大亂世的洪流，加上四十五歲才隻身前往西班牙進修，其後再轉往巴黎，因語言和適應不良等因素，於四十八歲又遷居紐約長達三十年。人在紐約，趙春翔受當時傑克森・波洛克（Jackson Pollock）和法蘭斯・克萊因（Franz Kline）的抽象表現主義的影響，也偏好「同心圓」的大量使用。不同的是他將具象徵意涵的造形符號如太極形象，乃至易經中象徵天地與陰陽卦象的幾何圖形，拓展為同心圓結構，甚至以複數式渦旋般變化出現在畫裡，具現了他年輕時曾受到老莊哲學的濡染。一個從小愛畫的孩子，二十五歲考進林風眠以調和中西藝術為目標而創立的杭州藝專繪畫系，似乎因而開啟了畢生追求中西合璧的畫風。趙春翔在一九六〇年代受美風潮影響，開始嘗試以抽象表現主義風格創作大量油畫，但以宣紙為底、墨為筆、中國墨韻為情懷，勇敢交相運用水墨、水彩、油畫、雕塑與裝置藝術等東西方各式媒材，挑戰材料、技法與風格的創新，不斷地在空間與內涵去實驗與實踐藝術。隨著歲月的動盪與孤苦的累積，揮灑更為自如豪放，他將層層疊疊內心糾結纏繞的強烈思緒，如毛線鬈捲，快速圈化成圓點、方塊或矩形，彷彿要將洪荒之力透過大破大立，擲向浩瀚的宇宙。

趙春翔曾寫下的一闕詞：

「零零海外家國淚，落葉迴旋難尋根，總是秋風淚如刃，先傷遊子心、先傷遊子心。壯志豈凌雲，奈五等國民，白髮為我常掩面，羞見江東故人、羞見江東故人。日落黃昏夜如穹，方知天明，夢中夢，空非空。」

從文字中感受到他身心負荷的悲情、孤獨辛酸……然而可貴的是趙春翔一輩子只選擇一個角色，而且忠於這個角色，不為世俗貧寒所退的那份堅持，悄悄在激狂幽暝的畫面上透露出一股淡淡的憂傷、失落的淒楚美感。

原載二〇一九年七月《人間福報》

都江堰歸來——典範在夙昔　李冰治水

正值台灣每逢大雨則成災，不是土石流、橋斷、山坍、路塌、屋倒、道淹，就是飽受沒水可用之苦，叫人不禁懷想甫遊歷歸來的四川都江堰。

都江堰水利工程是戰國時秦昭襄王五十一年（西元前二五六年）李冰任蜀郡太守時主持修建的。當時長江上游大支流之一的岷江，春夏山洪爆發，江水奔騰不可遏，在進入成都平原時，因河道變窄，更常引起洪災；而東岸因玉壘山阻擋東流，造成「東旱西澇」，民不聊生。李冰在其子二郎協助下，邀集了有治水經驗的農民，實地勘查地形後，決心鑿穿玉壘山引水。當時尚無火藥，他就以火燒石，鑿穿了一個狀似瓶口的「寶瓶口」；又因江東地勢較高，江水難以流入瓶口，李冰父子又用裝滿卵石的大竹籠，在江心堆成一個狹長的小島形如「魚嘴」。岷江流經魚嘴即被分為內江、外江，外江仍循東流，內江經人工造渠通過寶瓶口，流入成都平原灌溉農田。為了進一步提高分洪和減災的作用，在分水堰和「離堆」之間又修建了一條長二百米的溢洪道，將內江多餘的洪水流沙排入外江，稱「飛沙堰」。另為了方便觀測和控制內江水量，雕刻了三個石人像放入江心水裡，讓人們知道「枯水不淹足，洪水不過肩」，也作為每年最小水量時淘濤的標準。

李冰科學地解決了江水自動分流、自動排沙、控制進水流量，使川西平原成為「水旱從人」的「天府之國」，目前灌溉面積達四十餘縣，至今為止，仍是全世界年代最久唯一留存，以無壩引水方式的偉大水利工程，所以後人稱李冰治水是「功在當代，利在千秋」、「澤被千秋，萬古不朽」。更為了紀念、推崇李冰，在西元四九四年到四九八年興建了「崇德廟」，今稱「二王廟」。都江堰附近風景秀麗，因此也帶動了當地的觀光盛況。

來此地旅遊的人莫不想要走一回「安瀾索橋」，又名「夫妻橋」，始建於宋代，明末燬於戰火，如今的橋已將竹纜改為鋼，座落於「魚嘴」上方，被譽為中國古代五大橋樑，因走起來搖晃厲害，被遊客戲稱為「搖搖橋」。

李冰治水在史記上只寫「蜀守冰」，「李」姓是班固著漢書時才補上的，這公案直到一九七四年，外江出土了東漢石刻像的衣襟上清晰刻有「李冰」的名字得到佐證。另一是關於李二郎，歷史記載極少，或說確有其人，或說李冰只有一女，治水十餘載未歸家，何來二子？李二郎應是輔佐李冰治水大業的元勳之一。不管如何，李氏二人，千年來同樣受到後人頂禮膜拜追思，為後人留下不朽的典範。

原載二〇〇五年十一月七日《中國時報》

仙境茶藝園——尋夢與問津

可否帶我到人境
青埂峰下
修練太苦
何況我已是通靈寶玉
無稽
豈是口傳的神話
太虛幻境的真假
能參悟多少
譬如黃粱一夢
可否帶我到仙境
下凡的不該多情
而無才補天
枉入紅塵

原是種悲哀
風花雪月雕鑿最後
我仍是頑石
入仙境可否帶我

雙溪行

挑撥著「阿爾漢布拉宮的回憶」，吟退背後的喧囂，連自己揚起的喜怒哀樂，也隨迎面的疊巒環翠一一掄開。

嘈嘈切切的輪指迴旋——艱辛輾過——溫熨繾綣情懷——別離創傷淡忘了——丘壑源頭疏濬……

琴音繼以激揚壯烈。約相將去唷！風中樂事，雲間笑語！此時，絲絲涓雨立幻為觸感纖細的音符，為心情譜出高昂的進行曲。

響在夢中的一個名字

從市囂馳進碧茵，也意味著從繁縟皈回單純。單純，是自在如流水的幸福。

「行到水窮處，坐看雲起時」，我似乎才驚覺到心脈的跳動和生命的律息。

想當年武陵農者，無意訪見桃花源。如今，我們將為滌心盪腸，奔赴一處夢寐嚮往的仙境。

仙境！

猶如在灰鬱情調的陰霾中，洞見的窈藍晴翠！

是詩也是畫

甫見紅漆大門及苔綠斑駁橋，便讓我驚豔。遙似唐人王維藍田別墅的山水奇景，以及想像自其詩境的畫境，不由得猜想是何方高士潛沉於此雲深之處？茅草覆瓦拱突的山牆蜿蜒幽徑蹲踞的石獅閒雲潭影，樣樣點渲出盎然的古味。

橋下的清潭，幽幽地收留偶爾略過的鳥影和擲下的落葉，也凍結住沁冷，蒸醞出水嵐。

水岸的芒花，還曳著經年的白絮聒聒向風拂搔往事。

櫻花呢？早已在枝頭鬧出十分春，苔菁更是奮不顧身地攀壁招引。請接引我吧！讓我渡過頃茫，到達清心寡慾的彼岸。

幽夢裡，傳心曲

縱是人生如夢，境遇迭變，也恁由箇「緣」字釋得。石鐫箇大的紅字，藤絲靜靜柔柔地伏貼其上，令人忍俊不住地遐想非非。

相思林中，亭亭的小木屋，似乎溢滿了人情溫暖，你看！四扇古典優雅的小格窗不正向你話輕柔嗎？

野地的花，紅紅豔豔地撒潑成叢，眄閃詭異的杏眼，俏皮私語。我也故意端起二八佳人的傲慢，踩著高蹺而過。惹得喜捉弄的流水，嘩啦啦地一路笑開。

門楹「仙賜奇書百年相守，境領茗茶四季碧春」的對聯，告訴你，這裡是無關歲月時序的仙境，你可以飛盞暢酣、箕踞高歌；你可以讓沉默詮釋一切，讓自然填平滄桑。

古色古香的建築風格與室內設計，烘出濃厚的傳統家族氣息，偌大的庇護下，彷彿一切的包袱都可以放下！

回歸跫音

「水聲傳自星子的舊鄉，而峰巒，蕾一般禁錮著花」山水的清音，自有弦律鳴丘，遠為蒼茫橫翠，近則逝川煙渺，縱心浩然，何慮何營？

當你步伐蹣跚凌亂時，何妨暫時隱入田園，用山水美景來涵育靈魂！

原載一九八七年《芙蓉坊雜誌（心靈休憩站）》第八十至八十二頁

知高圳秋遊

「我們有千百種出遊的理由，其中一種是『秋天』。」秋高氣爽，暑熱漸退，雨季尚遠，葉已悄悄變裝，好一幅山彤水碧，誰的心還能坐秋懷而不亂呢？

正午似寐，忽想來個郊山近遊，心動配合行動，當下決定走走乾隆年間建設的「知高圳」步道，順登「學田山」望高。

烏日中山路過平交道往登善巷沿善公寺指標彎彎曲曲而上。車停寺牆下方的停車場，開始以腳踏入緩緩流淌的光陰裡。

本以為不會有太多像我這麼即興日正當中散步的遊人，很多時候，事情並非「自以為是」的樣貌，唯有親炙、觀察更能貼近真實。

「知高圳」早期為開發王田圳上方土地，引筏子溪水鑿圳，一路灌溉南屯、烏日、大肚等農田，長十八公里，最後注入大肚山下山陽大排，山坡上因應山勢而架設引水橋，頗具特色。步道沿水圳而行，綠蔭庇日，平緩易行。途中一棵臨水錯節盤根散成扇面的老榕，映照水面的迷人，足足讓人駐足幻想久久。緣清圳鋪設灰石地面，夾道是熱心公益的山友培植照料的花花草草，擁著繽紛笑靨逢迎遊人。

樹蔭如傘的苦楝樹下隨置幾張椅子，憩息著一首首詩，心靈歇腳處。

往上續接雪蓮步道，即山友口中的好漢坡，視野擴展，蒼穹草坡、偶立幾棵枯木寫著蒼茫，幸得山巔相思樹，提供迎風舒足的忘憂平台。由平台往西望，翠坡緩升但人煙卻不至，那是墳塚社區了。平台再往東南方約兩百公尺即是學田山，僅高一百三十九公尺，入口至三角點落差八十公尺。大肚山早期人煙罕至，居高西瞭，臺灣海峽中部沿線盡在視線範圍，所以整個大肚山稜線，軍事碉堡密布，往南到成功嶺，往北經望高寮、監理處、過臺灣大道續連臺中都會公園、大雅等，如今仍可找到舊時碉堡的遺跡。

攀登途中，遇到兩對新人來此拍婚紗，仿如邊疆草原，或想藉由天長地遠，期盼愛意綿綿無絕吧！平順，人生向來的祈願，不是嗎？可惜，千古誓言常僅憑想像去圓滿。

秋風寥落，蓬草鋪向背風面，站在王田斷崖一覽市區、大肚溪、彰化，田家依依、高樓如林，遠雲輕抹藍天，霞彩斜紅向西風訴情衷，這就是我第二個家鄉，有我三十多年的「蹤跡」。回顧所來徑，夕照下秋原蒼莽更顯蕭瑟，秋蟬囀啁，秋意深濃，人間塵煙淡漠，紫藍渲染，遠接逝水，幽情無限，感慨難免萬千，早已疲於揣度人性諸多難測的心機，請許我耳得溪間清風，目遇山中秋色，來去一派天然，不要丟了大自然應然的乾淨、清淨。

原載二〇二三年九月《青年日報副刊》

在紅磚小巷彩繪心情

遁出車水馬龍的幾道霓虹閃閃，穿梭在心驚膽跳的車聲洶湧，轉個彎，剛剛駭人的波濤逐漸淡離。眼前小巷遂以委婉的修辭蜿蜒，一色一色朝轉彎處鋪展，無盡頭似的給人一生一世的遙遠感。

瑞井紅磚小鎮，早被遺忘的聚落，疫情之故更乏人問津，平添荒蕪。巷弄彷如血路脈脈，縷縷輻射延展，我在其中疏通氧氣，亦可修復因線上課程耗損的眼力。其實眼睛也不得閒，沿途傾頹門窗挨挨蹭蹭，各式的野花綠藤紛紛探頭，團簇的珊瑚藤越牆翻爬，延伸一份清麗的暖意。紅磚牆面或石塊駁坎，無不彩繪得豔麗繽紛：藍天碧海的花園樓閣，喚醒旅行的遐思；驚見花貓危行在半頹的牆垣、松鼠跳躍樹枝、絲瓜飕飕垂掛在翠綠藤架、牛賣力犁田、紫蝶紛飛、停棲吮蜜……以豐富的農村元素鮮活了幽僻的長巷。

續走，金色陽光映照在一片殘破的木板，僅剩的斑駁劇照說明這齣曾在此取景的《寒流》影集，時代久遠。近一點的是公視《花甲男孩轉大人》，劇中著名的「繁星村」的場景即在此處，主角鄭花甲二十八歲要接神明翻譯工作的瑞安宮，正位於往瑞井步道的丁字路口上方。

瑞井步道長僅七百多公尺，若接上到慶順宮的古井步道，全長約兩公里。據地方志記載，清道光年間，西南山谷湧出三口泉井，先民遂在此開墾築屋。現在除一號井偶有涓滴外，其他兩口幾乎乾涸。瞧完古井，爬一小段陡坡，便可以與福德祠前那三棵百年的緬梔花相遇了，蒼老虬勁的枝幹，凌空翻騰，彷彿要隨遠方山頭的雲彩，翔遊天際！

順沿步道指標漸漸走進古老社區，頻見米殼和稻草裸露的殘垣斷壁，正緬懷著特意保留的「阿嬤的灶腳」景點時，忽見殘垣內側有老人弓腰揮舞鋤頭，正和暮色搶著將溜走的陽光，趕著清理出小小菜圃。

轉個角是彈孔紀念區，二戰末期日軍轟炸流彈，一面面老去的牆壁仍屹立著歷史的遺跡。繞出土埆厝回到主步道，有處紅磚三合院人煙依稀，看來經過整理，稻埕外牆左右各砌有「囍」字磚窗，古樸透出喜氣，稍可刷淡荒村的冷清。

暮色背光下，那一棟棟在疫情中悄悄矗立的新建大樓，竟無端讓我惆悵：會不會哪天這些僅存可見證的歷史滄桑，都只能在紙上琢磨了？

疫情此時仍如潮汐般，時而休戰時而竄出威脅，獨有這一闕山徑窄巷孤芳自賞，兀自流轉光陰。路燈一盞一盞亮了，人車喧囂一步一步逼近了，我從古曲走出，這半天在巷弄裡演奏的即興旋律，將陪伴我滋長歲月芬芳。

原載二〇二二年三月《中華日報副刊》

新砌灣麗磚情

舉目所望世界各國的建築，獨鍾紅磚的，莫過於英國維多利亞式風格的建築。古樸舊痕的深紅，讓城市瀰漫一股耐人尋味的復古風。街上隨意推門而入的咖啡廳都可能是百年古蹟，但它可不像我們在臺灣鄉下一般見到傾頹亂草的廢墟，反倒讓人驚嘆它講究的立面設計、屋內精緻裝潢，還有那透過柱頭、雕刻局部的裝飾，在在不忘展現當時年代該有的典雅式的富麗堂皇。

這些英國老紅磚建築的平均壽命長達一百三十二年，算是祖孫三代的公孫屋，由此可見紅磚的耐用。

倘若你想一窺紅磚的神奇，或想回溯時光，千萬要來一趟苗栗苑裡鎮。

苑裡地名源自於平埔族苑裡社（宛里社，Wanrie）譯音而來，「灣麗」是簡化原住民語的名稱。這個在明鄭永曆十五年（一六六一年）畫屬天興縣的小鎮，在今年（二〇一九年）交通部觀光局舉辦的經典小鎮票選活動中奪魁，蘊藏的魅力早被嗅覺。

踏進灣麗，一堵堵沉甸甸厚實的紅磚牆，醒目且雍容地座落在周遭綠油油稻田央。猶如通過時光隧道返回早期臺灣農業社會，彷彿走進電影《桂花巷》，由稻埕邁入第一進公媽廳的階梯，就可以與祖先四目相交。沒錯，不少古裝劇都會來灣麗取景，尤以「東里家風」的三合院古厝最被青睞。兼採客家建築之簡樸，以及閩南紅磚瓦的三合院之形式，紅磚牆面大都以丁字形鋪排，牆腳則就近取河之鵝卵石堆砌，踏實樸拙，讓人安心。牆面裝飾交趾陶圖案，恰如其分的妝點，聚焦了遊人的目光，也隱含了主人對子孫的期許與叮嚀；日式花磁磚的併用，則畫龍點睛又不致過分張揚。目前臺灣保存良好的紅磚瓦與跤趾陶建築物，非「東里家風」的三合院莫屬了，因此在政府輔導整修保護下，「其依據中國傳統細緻紮實的建築工法，展現出精雕細琢的原始建築藝術風貌」被保留下來了。

沿著後壁山仔，彎進山腳國小，就是另一處再生留存的紅磚傳統建築「山腳蔡氏濟陽堂」。

蔡家古厝興建於嘉慶末年，已有一百八十餘年的歷史，相傳祖先渡海先至豐原經商致富，被這背山（後壁山仔）面水（苑裡溪潺潺流經）的山腳里吸引，遷居現址購入土地，富甲一方。果然有識者志一同，一百二十多年前蔡振豐如此讚嘆山腳里：「暑重寒輕，木葉少脫，而多四時不謝之花，洵勝景也。」蔡氏祖先眼光卓越，可見一斑。

關於蔡家的風水，民間傳說蔡家有個查某嫺仔負責打井挑水，可是明明傍晚裝滿水的水缸，隔晨即乾，因此常被罵偷懶說謊。這個查某嫺仔覺得事有蹊蹺，便生一智：在水缸邊布滿了紅線。天亮一檢查，果然紅線被動過，她循著紅線爬到山頂，一看，紅線便繞在一匹英姿颯颯的白馬蹄上。她沒有驚動白馬，馬上下山稟告主人，主人半信半疑隨之上山，真的也看見了那匹白馬。請風水師來瞧個究竟，才知蔡家挑到了白馬穴這般的好風水。於是就在稻埕前挖闢了半月池，讓馬方便飲水。直到日據時代，為了蓋山腳國小的操場，將半月池填滿，蔡家漸露衰象。

現在所見的面貌是第三代蔡壽山於光緒十三年參與劉銘傳清賦工作，而後取得例貢生，遂開始聘請唐山師傅建造的。堂屋長達十年才竣工，占地六百多坪，同樣也是融合閩客建築特色，差別在蔡家是一座前埕三合院、後院是九包五四合院，左右是三落護龍。跤趾陶、大小木作、磚石瓦作、泥塑和八仙彩繪精緻，各富意義，細細品賞便知極具保存的價值。

英國詩人和作家紛紛為「歷史鍛鍊出來的情感」的紅磚連結倫敦的歷史人文精神，反觀曾為臺灣建築立下汗馬功勞的紅磚卻腐朽成斷垣殘壁。君不見臺灣歷史最悠久的紅磚城堡「安平古堡」遭多次易主的滄桑？君不見那「臺灣鐵路紅磚藝術極品」的三義龍騰斷橋英姿猶存？臺灣從一六六五年明鄭時期的陳永華「教將取土燒瓦」，磚瓦就漸漸站上檯面，因技術不斷演進也衍生出蛇窯、目仔窯、八卦窯、隧道窯……曾因需求量大增添購了自動機器化設備，極盛時期一九六八年全台有九百七十多家磚窯廠，但隨著建材高層化和多元化，以及政府對採土來源的限制等等因素，磚瓦市場快速凋零，到二〇一四年全台剩不到三十五家了。

告別燁燃燒炙過的華麗，更能領悟過眼雲煙的失落。求生的努力正是成就美好的初心，應該很貼近目前是金良興磚廠第二代負責人的易榮昌董事長的心情吧！

這次的灣麗磚情遊學工作坊便是他催生的。勇者的夢想總濫觴於現實的破敗，他回憶起二〇〇四年創立這座全台唯一以磚瓦為主題的地方文化館時仍語重心長：「我父親在一九七三年和一些好友集資興建了當時苗栗最早之隧道窯廠——金良興，前後共建立三條窯（一九七三、八十、九十年），現窯長達一百六十二公尺，以質佳之火炎山風化頁泥岩為主產製的紅磚，品質優異行銷聞名全台灣。我是一九八七年來廠服務，除帶動金良興創新經營轉型外，也促進磚瓦產業文化、山城磚瓦雜誌出版、國外技術交流、社區總體營造、解決燃煤配額限制、推動磚瓦環保綠建材、採土相關法規修訂與採區調查規劃、兩岸磚瓦產業文化交流與合作協議簽訂等等。」

董事長更在二〇〇四年接辦苑裡鎮的「磚雕文化季」，內容包羅萬象，成功將磚瓦文化和技術推展行銷出去，其用心和付出獲得「臺灣省政府推動社會教育有功個人之表揚、經濟部中小企業處志工資深服務獎章和臺灣省商業界十大績優理事長表揚。」也成為夕陽工業遺產活化成社區資產的最佳範例。

彎進苗一三〇美麗的鄉域，山芙蓉一朵白一朵粉挨著串著，在大面的紅磚牆陪襯下，你無妨夢幻自己身穿雪青馬褂，撫古思遠。若有緣，可在老榕綠意蓊然下的一彎磚砌的流觴曲水，或在緩慢擺轉的風車旁，或在入門處萬頃綠浪邊，捕捉到一身樸實、滿腹人文的易董事長身影。就讓董事長帶領你見識他是如何將磚瓦轉化為藝術？如何藉由磚雕ＤＩＹ、彩繪磚杯墊、用磚瓦拼貼美麗圖案、將小小紅磚積木建構獨一無二的建築物、訝異於厚重的紅磚竟然輕巧躍上生活的裝飾品。

悠哉藝文的午後，在嘖嘖讚嘆自己的巧手，依依不捨離去時，不難想像你對紅磚已愛不釋手，升起濃濃感情了。

原載二〇二〇年三月《講義雜誌》

傾聽遼闊

「因為有山，雲才能依偎著山；因為有雲，山有了流動的嫵媚。」站在司馬限林道遠眺聖稜線，遠方黝黑的峰巒提供若有所思的線索，依著稜線連綿了當下的寄託，我如斯體悟到：千萬年纏綿，多少風暴摧折，山或許變形，海也許會枯，石頭可能化為散沙，雖歷經無數次的隨風逆流，山的臂彎依然懷抱川流和屋舍人家，依舊傾聽天空的遼闊……

遼闊來自寬恕與放下。一株株風姿修頎的鐵杉，用他針葉的傘庇蔭，我既領略了這股淪肌浹髓的清涼，也該調整世俗的心律，於是我用遼闊的心回顧所來徑，便有了更多的諒解和感恩！

當年轉職選擇到小學任教，嚇壞了一群曾同在高中任職的同事，紛紛關心：「落差這麼大，妳可適應？」恰如德國精神學家林德曼的理論所陳述的：「一個人只要保持精神上的樂觀，便能維持肌體上的健康。生活所形成的往往是一種鏡面反射，我們的面龐經生活之鏡的反射之後也預示了前方的道路。」我能不堅持樂觀嗎？看看陶潛「不為五斗米而折腰」的清高，屈原「紉秋蘭以為佩」的自尊，李白「放白鹿於青崖間」的曠達，以及竹林七賢士「鄴下放歌」的執著，當他們放下名利慾望的門簾時，正為自己開啟了精神獨立的門窗，人生價值就這樣燦爛起來。

選擇小學任教，勢必得先感知名利已與我無關，要練就一手撥千金的太極功，對付虎視眈眈想殖民老師的外力，控制情緒要跟烤箱烤魚一般調控溫度得宜。通往從職場順利畢業的路，儼然是條走在鋼索的細絲，一不小心就可能掉入人為的五里霧中，沒有粉身碎骨也是處處心傷。

在教育現場所遇的人事，窺見了看似常態的日常隱藏了種種流動的人性慾念，虛張聲勢或恫嚇威權背後的自卑和武裝。凡事張狂過了頭，即一念偏執，內心偏執的人是否讓受教者也陷入迷惘與惆悵呢？我也曾試圖闢出一條在春陽裡小葉欖仁伸出細嫩翠綠小手的步道，鋪往琅琅書聲的教室門口，雖短卻可以喚醒初心，在走出校門時仍記得帶著我的祝福，回頭對我燦笑：「要記得初心喔！」

我揣想楊絳應深知太多人一生癡想，耗盡心思鬥爭、欺壓他人，因此也對英國詩人蘭德的喟嘆產生了共鳴：「我和誰都不爭，和誰爭我都不屑，我愛大自然，其次是藝術。我雙手烤著生命之火取暖，火萎了，我也準備走了。」化育高貴的靈魂，提升自己的格局，看自己的風景。繼續微笑，微笑會揚升生活鬥志；心要飛翔，像風那樣吹過竹後不留任何聲音；要像美人魚，踩在尖刀上仍保持一脈優雅的舞姿。

目前學校的教育有如裁縫補丁，哪裡有破洞往那裡裹上一塊布，花色雷同自然美好，找不著近似的也只能魚目混珠。因此我只能盡量傾聽每個孩子的心和故事，願意努力去處理家長合理的需求，讓孩子和家長在我的接納和理解裡，放心讓我為他們綴補各式各樣的花布。孩子放心地在我面前展露他們「國王的新衣」那般的天真稚氣，無憂無懼地抱著我、牽著我的手，真誠地對我說：「我好喜歡老師喔！」家長也能放心和我交流教養的困擾，樂意盡其所能參與親子活動。我也何其幸：在這所學校短短幾年所結識的家長，用真情和熱情體現高尚的格調，在我需要時總是及時付出以及善意回饋。

我，似乎有所體察到燦爛的生命價值，即使裁縫補丁也可以是條美麗唯一的「百衲被」！

原來大家漸漸在實踐慈悲和寬恕的真諦，也讓我上了寶貴的一課：生活的平凡與否並不能代表存在價值的高或低，若生命能往「利他」的方向去走，必然更顯偉大，前方也必有更遼闊的景致在守候！

鍾靈毓秀九九峰

旅行一定有比看了什麼或是踏遍多少國家更深刻動人的領略。我往往捨近求遠、舟車勞頓地尋訪名勝古蹟，卻忽略身邊接地氣的故鄉風貌，來過草屯九九峰之後我更確認這一點。

北上車行國三南投霧峰段時，右手邊赫然出現獨立尖聳的黃土色峰巒，那就是九九峰，號稱九十九尖峰，遠望怵目驚心，其實最高峰只有海拔七百七十九點四公尺（九二一地震前高度七百七十七點五公尺）。因土質含赭土（赭土本身具有鐵、鋁等氧化物成份），在晨昏陽光照耀之際，遠觀宛如正燃燒閃爍的彤紅焰芒，故與三義火炎山、六龜十八羅漢山並稱為「台灣三大火炎山地形」。

火炎山層地質構造是受到古烏溪上游帶來的岩塊、土壤等沉積，經由搬運和堆積作用，在現今九九峰位置形成沖積扇，歷長時的堆積、擠壓，地層內的礫石膠結得愈加緊密，逐漸形成卵礫石岩層，再經過千萬年的造山運動後，這些卵礫石岩層彷若爭先恐後往地表爬升露臉。南投九九峰除了是火炎山層，還摻雜香山砂岩與頁岩，經雨水沖刷，淘洗沖蝕掉脆弱的頁岩，形成小黃山般群峰磊磊。臨烏溪畔的峰坡，許多河谷呈現V字侵蝕，加上九九峰周邊有雙冬斷層、龜蒲斷層，近年受創最嚴重的應屬車籠埔斷層引發九二一地震，導致植被隨土石崩落，使山頭裸露，宛如一根根巨大的筆架佇立，一片窮山惡水！

風和水逐日逐月絮絮刮刮，山的皺褶深了。險崖奇壁於焉產生。

奇險處必有奇景，往往是網紅競逐奪讚的美拍點。九九峰森林步道從之前生冷僻靜的郊山步道，便衍生成爭相奔赴的登山路徑。踏進鐵棟創意咖啡旁的路，一路陡上階梯升空，沿著稜線建成的環狀步道，全長兩千五百公尺，往返時間約兩小時，攀爬在稜線上展望極佳，草屯、南投、霧峰等城鎮隨著腳往前移動的位置而漸次入眼。待爬到至高點的涼亭，隔著烏溪對望墓碑山，同樣呈現滄海桑田的痕跡，十幾年來山林自然修復，山黃麻、白匏子、台灣蘆竹、五節芒、無患子等等這些優勢的先驅樹種紛紛進駐，可稱是綠化的衝鋒兵。

發現美，是一種心靈的能力。它，足以在關鍵時刻，支撐起每個人的生命。

九九峰筆架下果真鍾聚靈氣，以它的滄桑觸動了賞美的心靈，許多藝術家不約而同地薈萃於山腳下的平林社區。除了水墨畫家柯耀東的畫室，鐵棟創意咖啡有不定時展覽，九九峰生態藝術園區是當地的藝術家展出的場域外，還有一處令人驚喜的存在，就是這間隱於平林庄頭一片葡萄、荔枝、香蕉園中，結合生態藝術、聚落生活的毓繡美術館。

毓繡美術館於二〇一六年一月一開幕，即榮獲當年臺灣建築首獎。綠意盎然的園區錯落三幢建築，包括主館、餐廳、禮品商店、藝術家住宿等不同機能的空間，既有傳統園林「一阻，二引，三通」的底蘊，也不乏現代形式語彙，處處藏著廖偉立建築師巧思琢磨出的精緻細膩，「引出以「『退』的策略，『低調』回應大自然；以『藏』的道理，琢磨『精緻』的品質；以『簡』的方法，展現優雅的『俐落』」。

我們依預約時間候在牆外，時間一到，掩映在翠竹叢中的門就咿咿枒枒側拉，隨著引導的解說員踏入長廊，一側綠蔭婆娑，一側幾尊石雕，恰如其分地調解和轉換了匆匆來到的浮躁心情。展館外一池淨水，畫龍點睛似地安放幾座青石雕像。煩躁，停泊在坐定的小禪師微歛的眉眼間。經過填單、脫鞋、寄物，挪步至室內，便被細緻的清水模建築搭配的玻璃帷幕吸睛過去，窗外的草原、草原上來自台灣年輕藝術家創作的童趣雕塑、天光雲影、白鷺翔集、遠山景致無不引入館內，我恍若掉入莫內花園，在寂靜中流逝著時光，又想仰攀瓷藍透白的天，心帆待張舉……

此時我也隱約感受到讓創辦人侯英蓂、葉毓繡賢伉儷，以「一輩子做一件有意義的事為理念，以寫實藝術為依歸」那種美的召喚。一間座落偏鄉的私人美術館，冀以拔高當代本土寫實藝術的專業與能見度，自負提升全民美育的使命，體現到美育往下扎根的重要，故而鼓勵偏鄉學校到館教學，希望來此的人可以在美術館的臨場情境下深刻地體驗藝術魅力。除了觀照國內創作者，毓繡美術館更放眼於世界版圖，邀集海內外正熠熠發光的藝術家，透過激勵與交流，期能打造出當代寫實藝術的世界級美學平台。「梧桐生矣，鳳凰鳴矣」，創辦人種梧桐的美心與高意可見一斑。

那次我們參觀的主展為《帶我去月球》，取自於一九九二年張雨生創作的同名的流行歌曲，這首琅琅上口的歌，乍聽輕鬆愉悅，品析詞曲：卻不難理解歌詞中細膩描繪當代生活的無奈與嚮往他處的心境。本展由這個主題發想，「邀請四位台灣當代藝術家分享他們各自密謀登月的計畫，打造各自逃離地球的虛擬裝置與計劃藍圖。以化解過量的新聞資訊不斷轟炸著日常……」觀展的我們似乎從日常高壓艙中偷得逃離的半日閒，會意到這些意象裡那高掛碧海藍天的「月亮」，偶爾可裝飾夢的窗子，短暫卸下重重疊疊的枷鎖。

其實慢遊草屯的秀麗山水，不也是遇見自然與藝術交融的寫實藝術嗎？悠閒散步的同時欣賞巷弄間的藝術，可不就是一種「帶我去月球」的方式嗎？當車子漸漸開進平林社區，屋舍儼然、葡萄架上翠綠著葉、庭園龍眼樹亭蓋覆蔭，雞鴨貓犬慵懶曬陽，簡直是一幅幅農家水墨，毋庸懷疑，這是一個沒有框框的美術園區。更何況幸得有志的高士們，苦心孤詣耕耘出一畝畝藝術的沃田，已播下富饒，期待有緣人可以在日常平凡中尋出生活趣味，在繁雜紬繹、百無聊賴中，找到靠近自己心靈的調味劑。

與其在亂世滔滔中打轉，何不找個時間來發現創作的極致與隱密？「以美術館為教室、以藝術家為導師、以展品為教材」，除了月球外，興許還會迸出更多的星球呢！

原載二〇二三年二月《金門日報副刊》

相逢一咲——記大甲溪生態之旅

「人世幾回傷往事，山形依舊枕寒流。」人事自是滄海桑田，令人追悔撫歎不已；山川自然也不曾歇住造山運動等地質變化，加上人為變本加厲使用，超限利用的結果溪山能無恙嗎？

大甲溪乃臺灣第三大河川，並為大台中地區的一條水源命脈，其源於中央山脈之南湖大山、桃山、雪山、畢祿山及合歡西峰，主流長約一百四十多公里，大小支流共二十二條之多，流域面積約達一二三五・七三平方公里。一般是以龍安橋和石岡壩分出上中下游。上游坡度平均一百公尺下降二十六公尺，極富水力發電資源，正因如此，也容易發生土石流。台電至今已有德基、青山、谷關、天輪、社寮水庫以及新天輪和馬鞍等水庫，水壩密集全台最高吧！並為提高經濟效益在沿線築鑿隧道，以便將支流的水全引入水庫，故廠壩下游及支流長時乾涸。

根據專家研究指出民國三十五年前，大甲溪主支流魚蝦成群，溪哥、鯽魚、石斑悠游其中。到了民國六十年，毒電魚蝦情形日益嚴重，加上山坡地開發，森林濫砍，魚類已開始減少；民國六十年後各大型水庫陸續完成，由於沒有魚梯的設計，阻絕了洄游性魚類的生存，破壞了生態的平衡，例如天輪壩完成後，谷關以上不見鰻魚（野生）蹤跡了。谷關以下由於長達四十公里的引水隧道，使水溫過高，苦花也絕跡了。石岡壩啟用後土產香魚絕種了，洄游之鱸鰻、白鰻、毛蟹也不復見於石岡以上了。其他底棲生物和岸邊的野生生物，也因水域變遷、棲息地改變，而逐漸減少或消失或突變中。

另外，自民國四十年代起，政府為安置退除役官兵，大力鼓勵到梨山、武陵附近開闢農場，栽植高冷蔬菜、水果，推行農業經濟。由於利潤可觀，引起大批外來人口湧入，開路剷山至今（八十一年），佳陽、梨山、松茂、環山、武陵等山區已是童山濯濯了。德基水庫集水區果菜面積約六千公頃，超限利用了一千二百公頃，過度的濫墾降低了水土保持的能力，以致造成地層滑動、地基流失，數十萬立方米的砂石淤積水庫，公路交通中斷等等，約需兩億多元的經費整治一年。

眾所皆知，森林是水的故鄉，森林減少了使得民國八十年德基水庫水位降低至有史以來最低點（時間證明，這幾年來水位降低屢破往年紀錄）。沒有森林調節孕育水量，大甲溪豪雨則暴漲，山線鐵路沖毀、泥沙淤塞了石岡豐原淨水場，大台中動輒輪流供應水長達半個月，這些歷歷如目的事實，難道已被人淡忘了嗎？

更讓人憂心的是：每年施放了近十萬噸的農藥、肥料，遊樂區吸引大批人潮所遺留下的排泄物和垃圾。博愛、谷關、白鹿、麗陽、馬鞍等約二十餘處河岸地被棄土填平後侵占使用。大道院、慶西村、梅子村、水尾寮等大甲溪傍被充當大型的垃圾場加上家畜屠宰場及沿岸的工業廢水的污染，大台中地區的人們可否能想像你喝的水是怎樣的嗎？

德基水庫的有效蓄養量逐年降低了，優質化的結果大量的矽藻、甲澡滋生。森林砍伐造成水量減少、水溫上升，讓世界聞名的國寶魚櫻花鉤吻鮭受不了了！

過去的決策雖然曾一度造福了人類，但現在驀然回首才驚覺，我們亟須挽救和彌補的竟然遠超過我們以前所享有的，並且也將日漸證明往昔的無知及貪婪，人類終將自食其果，世間絕無便宜可占的，唯有學會了尊重生命和善待自然，才有永續繼起的生命。

利溥萬家仙洞宏開基水固
相逢一咲溪山無恙我重來

然而當我站在長庚橋上環視遍處，雖偶見沙渚飛鳥、蒼茫野芒，近者激波水濁，遠為煙渺逝川，上則雲山四合，下有江風清音，我卻滿懷沉浮：幾度夕陽紅，青山綠水依舊在嗎？溪山河魚真能無恙呢？

原載國立臺中師範學院國教輔導第三十一卷六期自然科學教育雙月刊
第二九〇期八十一年八月出版

等風，等雲，等鳥飛過，等驟雨初歇

夏日蟬噪，曉昏燥熱，呼應樂山學長的吆喝，一群山友即興來個輕鬆緣溪行。穿過塞到不行的雪隧，車遂一路蜿蜒於隨雪山山脈逐漸攀升的台七線，午後一點多終於抵達位於宜蘭縣大同鄉崙埤村的九寮溪步道遊客中心。

九寮溪，當地泰雅族人原稱她為「戈霸溪（Gon Ge Ba）」，Ge Ba的意思是「溪水打在石頭上發出的聲音」。果真，那宛如愛唱歌的族人雄渾的肺活量的勁沛水聲，遠遠的即響遏雲霄。歲月猶如溪水Ge Ba Ge Ba奔流，迴溯到吳沙開蘭，閩客人隨之披荊斬棘而來的時代，這群後來居上的人讚嘆這條溪氣勢如虹，一路「破向東邊」，因此稱她「破東溪」，說久了彷如北京話的「破噹溪」，遂易名為「破噹溪」，而行之多年。從清末到日據時期，當政者無不將天然樟腦列為重要外銷貨物，當時缺乏現代技術，樟腦的提煉均於簡陋的腦寮中完成，因此腦寮就成了標定地名的重要指標。因著蘭陽平原郊山樟樹林的發現，帶動大同鄉樟腦產業的發展，破噹溪盛產樟木自然逃不過砍伐，其腦寮剛好數來是「第九個工寮」，大家便口耳相招來去九寮、來去九寮的，即成就了今日「九寮溪」之名。

一條溪名的更迭，深鏤了時代的軌跡，負載了歷史的變遷。

「在雲悶壞的季節，水總會呼朋引伴結伴而下，攜著木橋去流浪。」正讚嘆族人詩心如此芳馥時，雲，果不其然在夏日酷熱的午後悶壞了，聲勢浩大的結伴旅行來了！

山雨在山谷裡正熱烈與溪水興奮共語。

這條九寮溪源於雪山山脈拳頭姆山匯集野溪而來，流經大同鄉再匯入蘭陽溪。經年迎著太平洋和蘭陽溪上游的水氣，形成典型的亞熱帶森林，茂密的蕨類植物和地被植群、翠綠的闊葉樹及樟科植物齊聚棲宿，當地政府因此規劃為教育生態園區，同時也劃定為護魚保育水域，豐富的溪流生態隨之也迎來了水生動植物、各種鳥類、昆蟲定居。

生態園區至九寮溪步道入口約二點二公里，步道入口至嘎霸瀑布約長一點八公里，來回八公里大都是沿溪旁河階台地闢建的步道，平緩易行。或而漫步茂林，時而鳥鳴脆囀，沿途還設有一些導覽解說牌，增添行進中的樂趣和知性探索。距步道口不久，便見倚溪岸岩壁而高架搭的「崖躍棧道」，登棧梯前，先來棧道口輕而易舉便可接近的九寮溪河床。以沁涼溪水略為梳洗，席石而坐，溪水湍急激盪河谷間的亂石發出巨響，襯托大江東流不復返的氣魄，凝神靜聽，這許是九寮溪的迎賓曲吧。

接下來，步道忽焉左岸、忽而右岸，連接兩岸步道的橋梁各異其趣。篤農橋是進入步道後遇到的第一座橋樑。

一旁的解說牌發揮了說古的作用，記錄在步道整建前，這裡的橋樑可是昔日原民以麻竹、九芎、筆筒樹等等當地的自然材料，發揮創造力，結合智慧，用不同工法配合溪流搭建有生命的便橋。

九寮溪的第二座橋是象徵祖靈之眼的豁雲橋，接著以粗繩索當橋底的巴尬吊橋上場，以及沒有牌樓、橋墩的哈隘吊橋，一直到終點的臨瀑拱橋。

橋，橫渡蒼翠，也度心念。

等等，別急著趕路、過橋嘛！

就是這裡，九寮溪步道一公里處，就是電影《聶隱娘》拍攝取景之地。大家可記得二〇一五年八月上映的改編自唐《裴鉶傳奇》之《刺客聶隱娘》？導演侯孝賢遠至大陸湖北及日本取景，臺灣唯一的場景是聶隱娘的舅舅軍將統帥田興，因直言進諫而冒犯了田季安，被貶為臨清鎮將。隱娘的父親聶鋒身為掌管軍紀的都虞侯，受命護送田興到臨清，徒步到林鳥紛飛、大川奔流的濃密森林處遭黑衣人埋伏，幸獲途經的負鏡少年仗義拯救，隱娘也適時趕到救出父舅。負傷的一行人，遂隨少年來到一處桃花源般的山中村落養傷，隱娘在少年臉上看到滿酡遠離塵囂的純真笑容，兩人於生死間萍水相逢、生命開始相連，隨後負鏡少年緊隨護花，生死與共的濃情不言而喻。

猶如詩歌的畫面將武鬥氣氛與俠義之情懷呼之欲出，構築成現實與浪漫、小說與電影千絲萬縷的聯繫，沉重的歷史感高濃度濃縮在蒼鬱的自然美感中。我頻頻回眸眷顧蓊綠閃著靜謐，探問史詩的深度。

因有得獎電影加持，九寮溪步道於焉馳名。

早期此山域為泰雅族獵場，留下逐水鹿至瀑布頂，水鹿竟如俠客般縱身而下，隱化水霧中的傳說。族人惋惜之餘，空山迴響的「Ga-ba-Ga-ba……」瀑布激石聲，因而深鏤於心。揣起傳說與史詩的山徑，嚼著文青滋味，不覺酷暑，沒多久美麗雄偉的戈霸瀑布在眼前展開了。因為先天的地質條件再加上九寮溪流得又快又急，於是切割出陡峭的河谷，也把原本平緩匯流口分出了高低落差，於是這個瀑布就如我們所見，高約五十公尺，今因午後暴雨，瀑布寬度達五公尺。終於親睹掛在山肩的瀑布，細細體會水落石上的韻律。

「嘎霸瀑布」（原名玉蘭瀑布）等你閉上眼睛，激情澎湃心頭。

胡金銓在《笑傲江湖》裡所安排武林高手風清揚對令狐沖說：「其實人的感情比什麼武功都要厲害。」柔情繞指，足以削鐵如泥；情深可蝕骨銷魂……

傳奇，不啻是一張情網。網裡曾有刺客閃身行俠，為正義所感。曾有懂得帶著水聲返家的音樂原鄉人，曾有煮樟殖民遺跡。

午後一群群冒雨而來的尋音人，不知是否有此同情共感？

原載二〇二一年四月《更生日報副刊》

我是一片雲，在大雪山兩千六百公尺

坐看雲起，是我從小和大自然連線最常用的管道。

童年山居大雪山東南側，山嶺上最常為伍的非白雲莫屬，雲卷雲舒，形態無窮，意象萬千，遙望飛雲，幽情悠然嚮往。片雲天共遠，飄然出岫，或孤鳥獨翔蒼茫間，或霧濤隨風半隱山巔，靜謐卻流動快速，似乎人間紛擾已無可盪胸，所有眼前心事，搖曳碧雲斜時已然過眼，轉瞬即逝。

我無意自喻雲的高舉脫俗、淡泊無爭、隱逸、自在……

但誠然，我閒愛看雲縹緲間，那是我療癒的方式之一。

習得大自然的返本歸真、習得浮雲了然淡泊，或許是我回首人間最優雅的抉擇。

光有雲彩少了山林陪襯，孤雲難免寂寞單調；雲緩緩吞吐的棉花糖，若有湛藍背景相襯，純白度會更精萃，大雪山的晴空恰是一片再合適不過的藍絨。大雪山公園提供給樹木暖溫寒三溫暖式的服務選擇，吸引了許多愛好避暑的樹種定居，其林相變化因此細膩。除了小雪山到天池路上屹立著難得一見的華山松，還有出現在小雪線步道下段靠近船型山工作站的森氏櫟、鬼櫟，可算是殼斗科出現在臺灣的最高足跡。另外有種跟鱒魚同為第三紀的孑遺生物，歷經冰河時期的昆欄樹（雲葉），「他」最獨特的是目前在臺灣唯一沒導管的闊葉樹，有著美麗紋理的樹皮還可提煉「鳥黐」，也稱「鳥黐樹」。海拔兩千五以上最吸睛的主角是那一身筆直而灰白的冷杉，宛如從「藍與黑」走出的書生，背後是乾淨的藍天，安睡著純白的雲。有趣的是像娛親的老萊子般穿著紅黃彩衣的膜蓋蕨，攀附在檜木蒼勁的樹幹上，逗弄著老態龍鍾的寄主。但要說老，還有棵高五十公尺的巨木，超過一千四百歲，推溯可相當於魏晉南北朝時代了！

傳說，本有兩棵神木的，一位老太爺一位老太婆，據統計人類女命高壽於男，神木竟也巧合，據傳老爺倒下的當天，天氣晴朗無症兆，卻轟然一聲，震驚山林。我瞻仰這位風韻猶存的老太婆：

僅賸記憶滲入雲霧
用回憶齎粉滋養歲月
靜靜站過春夏秋冬

仰望高聳的樹，頭頸酸了吧！那就看看灌木叢的杜鵑。有艷麗如野火燎原的紅毛杜鵑，有優雅雍容的森氏杜鵑，婉約競秀的臺灣杜鵑，秀氣高傲的著生黃花杜鵑，白裡透紅的西施杜鵑等，花色從白色、粉紅、嫣紅、紫紅到鵝黃。林相豐富自然引來帝雉、藍腹鷴及金翼白眉等棲息，當人聲漸沉，冠羽畫眉「吐米酒」、白耳畫眉「吐，吐米酒」就會脆囀不歇，猶如讚美山林的朗澈歌聲。森氏櫟和鬼櫟則是松鼠和白面鼯鼠的饗餮。如果幸運到中樂透等級的人，就可以期待在林間邂逅國寶鳥帝雉。若恰巧能在這裡目睹晚霞滿天，也算是幸運人兒了！遠山層巒疊翠，皚雲翔遊，乳沫積雪，淡雲飛絮，各式的雲彩雲態足堪幻想！

逐雲追到最高點天池，一定要走到五十六年建造的瑞雪亭，這是賞天池的最佳地點，「瑞色起青巒天朗氣清四面有情資鑑賞，雪山羅碧樹花香鳥語萬方多難此登臨」，亭柱兩句對聯便藏著登臨心情、俯仰之間的景致。池畔玉山假沙梨殘留去年寒冬的紅果，黃土色的高山湖倒影杉雲，不論是杉林隙中浮雲湧動，還是碧空裡雲彩近憩，均有「白雲千載空悠悠」之感。

選在五月上山，其實特別想邂逅的是盛開的毛地黃，枝柱亭立挺拔，葉大呈卵圓形，從莖頂伸出長花穗，由下往上順序開放豔紫的鐘狀花萼，筒花裡綴飾斑點，全身穿著細毛衣，是最新的科技機能布，兼禦寒保溫和保水溼潤，特喜歡落籍在中高海拔的雲霧帶。我與毛地黃是在「阿溪縱走」的山徑初遇，黃毛ㄚ頭遇到情場老狐狸，被他順手摘取送上的繽紛色彩所迷惑，等我知道他的花語是「謊言」，知道他全株有毒時，痛恨到想吞毛地黃替自己的青春純情謝罪！

走入向晚的山色

霧把哭泣聲調成靜音

在大雪山流淚是天經地義的。泰雅族人稱呼大雪山為Babo Rinisan，Rinisan「含淚泣別之山」，跨過兩部族間的獵區分界線——志樂溪，新嫁娘就得跟家人Rinisan。難怪大雪山經年溼潤，雲蒸霞蔚。

雲霧孕育的神木散發芬多精，助我修練定力，且來滌淨我心，蓄勇涵善，渡我翻滾紅塵。

原載二〇二三年十月《中華日報副刊》

我願是三月的山裡

「我願是滿山的杜鵑，只為一次無憾的春天。」不知蔣勳的無憾，是否跟杉林溪森林生態度假園區臺灣杜鵑森林步道有關？不過，我深信若他走一回這條蜿蜒在霧林間的小徑，這座隱密的原始林裡，鐵定會對杜鵑更深情！來到這一大片罕見的臺灣杜鵑林，林冠上層盡是層層疊疊的樹葉，偶有陽光翳翳穿林灑下，恍若穿過了三四百年的時光隧道而來。經年雲霧繚繞，常讓人恍若置身於魔法公主裡的虛幻森林，踏在滿佈鬆軟的落葉層和樹根層，仿如踏在厚軟的毛毯上，彈性十足。在梅雨季時，還能一路驚豔各種從腐木冒出來的菌類呢！幽暗多溼的落葉層裡，冒出晶瑩潔白的身影，仿似水晶般剔透，這正是多年生腐生性雙子葉植物——水晶蘭。白色透明的葉片為鱗片狀，三到六月間由莖頂處抽苔出白色長鐘形小花，有時數朵集生，微垂，羞似新娘純白頭紗的花朵，是行於中高針闊葉混合林底層裡，叫人驚呼連連的半透明小精靈，發出不可褻玩卻誘人的白色光潔，全身沒有葉綠素，不行光合作用，靠著腐爛的植物來獲得養份，因此也被稱為「死亡之花」、「幽靈草」。另外，生育環境同樣分布於海拔一千五百—兩千五百公尺，常見於冷涼潮濕的針闊葉混合林間，引人注目的一群聚居的神秘住民，同樣以枯萎的落葉鋪陳溫床，在適當的溫濕度鑽土而出，一根根令人驚奇的、鮮紅的穗花蛇菰。穗花蛇菰屬於蛇菰科，寄生於大樹幹的根部，葉片退化呈鱗片狀，也沒有葉綠素，以吸收寄主的養份來生存。肉穗花序為雌雄異株，雌花呈橢圓狀圓柱形，雄花為較高大的圓柱形，其開花時，紅色花瓣裡綴著淡黃色的花粉，狀如紋飾排列；並會散發種怪味，以吸引蒼蠅吮食，藉此傳播花粉。

若你已沾過這兩千公尺的晨露，為了和射進山谷的晨曦迎目，或可選擇越嶺古道，體會先人伐木況味。來到這裡，不乏被如潮汐般的藪鳥、冠羽畫眉、白耳畫眉鳴叫聲，從綠窗湧進喚醒的經驗；和清新淨亮的小花小草照面；在雲湧霧起的杉林裡坐看雲起時的寧謐，那麼，你一定不會訝異於自己那股濃濃的「杉」愁，為何常常油然而生了！

現在，「杉」裡所有的一切都充滿了豐腴生機，我們從穿林棧道殘存的一些伐木遺跡和紅檜扁柏的植株，可以猜想得知杉林溪，曾是臺灣最出名的紅檜產地之一，早年為阿里山林場北段伐木區的一處工寮，而發源於阿里山脈的加走寮溪是濁水溪支流清水溪的支流，流域面積廣大，赫赫有名的竹山天梯和瑞龍瀑布即為加走寮溪下游的著名景點。「加走」二字為閩南語發音，意即「跳蚤」。「寮」，指工寮，伐木或植木工人於山林間搭建的簡易棲息處。當年，為取水方便，工寮幾乎沿著溪邊搭建。「加走寮」，即指充滿跳蚤的工寮。這些背後的歷史，編織了此地獨特情迷的歷史空間。憶起年少時走過的熱門溪阿縱走，曾經此要道，光陰荏苒，三十多年前後對照，不禁關心：「溪山無恙否？」

於是我陷入往昔歷史的愁緒：閱讀山水的角度從恬靜之調，因為走過的歷史而聯想到生態的意義，思及山林的開發史，其實就是人類從往昔至未來仍持續會遭逢的沉重困境的縮影。以安定彎為例，因九二一震災，路基坍方毀損，在政商齊力合作下，才有今日長六百六十三公尺之安定隧道，如今仍可窺見留有瘡痍的崩塌山壁。

南朝陶弘景遊群山，開懷暢吟「山中何所有，嶺上多白雲；只可自怡悅，不堪持寄君。」享受自然的自在和愉悅，只有身在其中細細感受才會著迷，透過野外的閱讀，經常可以打開更多的視窗，看見更多的生命意義，感悟到大自然消長的力量。

你聽！莫氏樹蛙、斯文豪氏赤蛙加入了我們的晚宴，而那鉛色水鶇也正不斷躍上岩壁覓食。高山鳥類聚集覓食鳴唱，叫聲中有金翼白眉的清亮、有藪鳥的高昂、冠羽畫眉的澄澈、白耳畫眉的逗趣，深紫藍色的紫嘯鶇的拔尖音，在在都是大自然賜予的天籟，藉著鳴叫傳遞與抒發，在中海拔山裡，像雲霧流盪上升，或飛降穿梭，或沉落，各自有其適當的角落安頓自己。

你看！來自異域的嬌客：牡丹和芍藥以五顏六色妝點翠綠山林，溪畔綿延不盡的盡是花團錦繡的繡球花，山裡的春天，目光所及皆是讓人如癡如醉的繽紛啊！奪目的臺灣蝴蝶戲珠花，白色不孕花初放，圍繞在含苞待放的兩性花外圍，彷似群蝶戲珠一般；一朵朵藍紫色綻放在幽靜山林下的曲莖馬蘭，小花小草無不展現茂盛的的生命力。夕暉霧緲裡再走進一排排競生的柳杉，澄澈身心，沐浴塵垢！眼前的幽靜與空靈——

啊！我願是過去也是未來，我又懷抱無限浪漫的冀望了，虔誠祈願「溪杉永遠無恙！」

原載二〇一七年十二月《杉林溪季刊》

步行，一種詩意流動

步行是種最真實、最方便和周遭環境交融一體，也是最容易感受到其他生命體的一種滲透活動。潛身在寂靜的山徑，酖飲沿路大自然所釀造的湖光山色；縱身於壯闊的山川，開拓了丘壑的寬度、思想的深度。在不斷的步行過程裡，累積出堅毅的意志與繽紛燦爛的記憶，蘊藏了足以度過如酷寒般挫折的能量。於是我呼朋引伴或踽踽獨行，近者市郊山路，遠至深邃曠野，常常用雙腳來翻動細細的微風草岸，撫摸光陰的分分秒秒與片片馨香，仰望無際的蒼穹、卷舒自如的白雲，和大自然交感共振、琴瑟和鳴，心扉自自然然開啟，內心情感的暢達正如詩意般迷醉！

台中近郊的大坑步道是依山溪交錯的天然地形而闢建，步道網絡互銜，難易任選。十二條步道中我最愛五之一的「小萬里長城」，沿著綠蔭盎然的稜線行經二嵙山和頭嵙山，串聯一到四號步道，沿途建有「望鄉」「行易」「城中」等等多座亭閣。暫憩涼亭，俯瞰山腳下的塵煙，詩意隨山嵐湧動：

台中人的相思在稜線蜿蜒，頭嵙到二嵙

「望鄉」滋生萬里長有黑松亭，青葙為證
一階一階引伴「行易」，「城中」人呼朋來「怡樂」
「獅子」亭裡煮話烹情好「逍遙」
遙望「高峰」，亭外又一亭
「觀日」亭閒坐李商隱，只是未黃昏
鳳頭蒼鷹矗立五葉松
遠眺臺灣海峽五根囪，臺中特有種
那英姿連臺灣獮猴都按讚
植被脫掉矜持，以九十度裸身砂礫層
垂釣瘦稜的圓木棧道
不屈不撓，臺灣特有，那五葉松巨木群
同心協力，抓住台中人的萬里長城

步行在千山萬水之間，走入如詩般的自然節奏、合音裡，看著步道上臺灣欒樹濃密的小黃花逐漸轉為紫褐蒴果，掛起一盞盞小燈籠在藍空中閃爍，心中注滿了悠遠的愉悅，那些過深的慾望、狹隘自私、累人的虛幻激情，此時已消弭於無形中。若能重新找回自己，審視自己身上到底有多少自然成分，我們對哲學家愛默生在走路時所領悟到：「我什麼都不是，我什麼都看到」的哲理，定能會心一笑！

原載二〇二二年《更生日報副刊》

情繫山海之間

恆春里德社區→溪仔口溪→烏石鼻→社頂自然公園→龜仔甪→南岬大草原→風吹砂

封閉三十五年專屬碧雲天、湛藍寧靜的溪仔口海角，於二〇一八年三月一敞開雙臂，便吸引無數眼光與足跡。

這是恆春通往後山古道之一，同為琅嶠——卑南古道之南段，早年是斯卡羅族（里德社區是昔日斯卡羅族大股頭居住的豬勝東社所在地）遷徙、漁獵路徑，也是現在附近居民重要的魚路。目前開放申請的路段是溪仔口到烏石鼻，尚未開放到出風鼻。

風塵僕僕馳經滿州草原抵達里德社區，即被樹下橘紅色圓桌磁吸過去，享用部落朋友早已備妥的風味餐，野薑花炸物的清芳，雨來菇純情朵朵，第一次嚐到粉薑的嫩粉，尤其特為素食者餐邊的服務，稀有的規格，讓我們受寵若驚。

口欲已滿足，心靈蓄勢待發。

搭乘阿倫的「大白」，沿著屏一六九公路蜿蜒，車停在可俯瞰太平洋海灣的高處，開始由腳親吻這條臺灣唯二（另一條即是赫赫有名的阿朗壹古道）沒有公路的蔚然海岸。

我們這組導覽員幸遇社區靈魂人物古堅謀總幹事，他熟稔動植物、海洋生態，一路拈花惹草，沾拈了長穗木（明明不是樹卻叫木）、江某（鵝掌藤、鴨母樹，台語叫「公母樹」，日人製木屐用）、長花九頭獅子草（藍染料之一：又名山藍）、血桐、欖仁舅、饅頭果、蟲屎、馬兜鈴（黃裳鳳蝶產卵葉）、穗花樹蘭、咬人狗、海金沙（最長的葉子）、最長的竹子……多樣豐富的動植物生態，著實考驗我腦袋記憶的速度和強度。

緩步走完一點二公里的林道，下到小紅橋，左上藍屋頂為海防班哨駐點，腳下是溪仔口淙淙溪流匯入浩瀚太平洋懷抱的出海口。

淡與鹹，彷彿就是人生交襍的滋味。

揮別山，走進海，截然不同的視野。

從這裡就要開始兩公里與海共舞的啟程。

礫灘、珊瑚裙礁、風化海蝕風貌，處處閃放砂岩和珊瑚礁石的纏綿悱惻，一柔情似水，一剛硬堅毅，因而沖刷、留存蘊化成蜂窩岩、豆腐岩、金包銀（恐龍眼）、蟾蜍石、小丑魚、海蝕台階……看來，人們的不甘寂寞也替這帶海岸辦起了嘉年華趴，不僅替它們找到各式各樣的鄰居，同時增添了七分的想像和趣味。

我們合照的位置剛好站在電線桿下，咦，海邊為何有電線桿？

原來這是早期軍方為駐點通訊用而架設。跟阿朗壹古道為了養蝦戶和少數居民牽設的電線桿作用不同。

烏石鼻的蟾蜍是明顯的標記。

已看盡天涯海角的變化，千帆來往的熙嚷與沉寂。蟾蜍眼裡藏著慈悲，或許還有三千年的等待，等待浪花回眸一笑。

原路折返。

馬鞍藤、濱豇豆閉羞粉紅臉靨，眄眼「山映斜陽天接水」，還寧靜給這片當地人稱「最美的風景在沒有人」的海境。

余秋雨曾寫道：「與其在懸崖上展覽千年，不如在愛人肩頭痛哭一場。」能讓人放心、安心、鬆心依靠著大哭的肩膀，我想，也就是感情之舟泊錨的碼頭了。我便是懷想這般心念，走入最南境之珊瑚礁岩地形的龜仔用公園。這裡有太多和珊瑚礁相依相偎的互賴關係了！

龜仔用是住在這裡的原住民。據導覽員說她的爸媽就住過公園內的珊瑚礁洞裡，用火燒一燒，趕走比他們更原住的動物。

火耕燒墾後就是一塊塊「布丁」，就可安家立業了。長久的耕種導致土地貧脊，「人要休息，土地也要休息」源於如此單純的同理心，他們又開始遷移，尋找下一塊營養的「布丁」。

一百二十八點七公頃的園區，只有簡易的步道，盡量保留原生的滋味，以尊重大自然的謙卑心，暫時做個過客。因此這裡有多達三百二十種以上的蝴蝶食蜜和食草植物，孕育五十多種的蝴蝶。當地人說童年時捉蝴蝶賣給日本人，一隻五十元（那時五毛錢可以買不少零食）。當然，這和恆春半島的相思樹一樣，都是殖民地遺留的記憶、痕跡。

公園東側闢為梅花鹿復育區，目前已有三千多隻。想看牠們嬌影要黃昏後夜觀，但夜觀也要小心其他動物出沒，尤其是毒蛇。

聽聞，夏天大雨過後，刺竹林中會冒出極其難得一見的螢光蕈，在夜裡亮著幽微的綠光。

樹長在珊瑚礁岩，展現強勁的生命力，長期受東北季風狂熱擁抱，形成獨特的樹形。

這裡最熱鬧的季節當然是九、十月。

九月赤腹鷹，十月灰面鵟鷹，藍空中一群群嬌影，多時一日可達上萬隻翔集盤旋。登上凌霄亭，雖已過盛時，我們偶爾也能目送幾隻「國慶鳥」小小黑點。

步道旁驚見臺灣薊、原生種的決明子，還有被猴子和松鼠咬下丟棄的當下夯紅的果實——木鱉果。我曾在台東喝過加了木鱉果的果汁，味道極特殊，種子紋路也特別好看。公園裡還有一寶，經過實驗證實防蚊優於其他精油的「過山香」，臺灣原生種，具特殊香氣，也是黃裳鳳蝶幼蟲的食葉，除此聽說也可防蛇。

前幾年社頂因「魔神仔事件」名噪一時。各種傳說繪聲繪影，最常被人提起的是跟清朝時荷蘭八寶公主被殺害有關。

《恆春縣志》記載：「同治初年，有外國番船遇風漂至鵝鑾鼻一帶，被龜仔用番所殺。其中有番女一名，其上下牙齒不分顆數，各連一排……見而異之，懸首示眾。」

此番女即是荷蘭瑪格麗特公主，她為了尋找愛人威雪林，渡過黑水溝來到臺灣，方知情郎已遇害，搭船南下為憑弔愛人，卻在大灣遇狂風巨浪而觸礁，船上六十多人皆被殺害。因公主身上留有八件寶物故被稱為八寶公主。（此乃根據當地傳說，史實待考。）

真正的愛情壯大了勇氣。

除此，社頂還跟菲律賓巴丹島（巴丹祖之說）有關。

海洋寬闊到足以跨越血脈傳承、跨越愛情的狹隘心目。迎納許許多多來自四海江湖的異同文化和種族，偏偏人都把自己往死胡同鑽。

余秋雨寫道：「妒忌是一種陳年青苔，不僅會把妒忌的對象覆蓋，也會把自己的心靈覆蓋。」

當我走出公園，經過海風肆吹的牧場，步行到風吹砂的一角，深為眼前映入一百種藍的遼闊感動，我心遨翔，我情飛揚，淚流滿面有海可以承接，情愫澎湃有浪懂得，或許沒有肩膀可靠著大哭一場，激盪的浪花想必已了然。

原載二〇二一年三月《更生日報副刊》

不再荒垓，因有旅人——記大溪後慈湖和打鐵寮古道行

「赤壁」何幸得蘇軾垂愛，能大江東去浪不淘盡！漢時「下馬陵」因有董仲舒之墓，門生均於此下馬而傳世。今日我們要造訪的「後慈湖」，佔地七公頃，湖面面積約四點六公頃，因早期做為戰時指揮所，而管制了半世紀之久，後又暫厝蔣中正陵寢更添神秘而有名。經時代變遷，二〇〇七年政府考量已無軍事用途，轉由桃園縣政府接管，隨後開放了這塊祕境。解說志工說清朝時此地稱為「龍過脈」，故「後慈湖」亦稱「龍過脈埤」，當時板橋林家在此開墾樟腦發跡。埤水源自白石山上的小溪澗，後慈湖在此山區具備蓄水調節的功能，湖水滿溢時再注入「前慈湖」，「前慈湖」的水位滿了再注入「牛角湳埤」，供給大溪三層地區的灌溉。

整個後慈湖管制區也只有六棟主要建築，一棟是先總統蔣中正與其子蔣緯國的住屋，其餘五棟混凝土建築則是辦公室，其中「二號辦公室」目前規劃為咖啡館，「三號辦公室」現在則為復刻展覽館，裡面有復刻餐廳、復刻書房、復刻臥房，「四號辦公室」目前作為展示自然生態的生態館，「五號辦公室」裡面則是展覽館加咖啡館的設計。

中午雨初歇、風卻疾，一夥人臨草嶺溪野餐，享用學長請的最新鮮的玉女番茄，其內深

含學姐花了兩個多小時淘洗裝盒的愛心，吃在嘴裡格外甜蜜有感！隔岸雕塑公園內擺置各姿態的蔣中正雕像，彷若開著會的小組，熱鬧有趣！

午餐罷，啟程往打鐵寮步道。根據資料，這條古道原名「更興古道」，「打鐵寮」之名相傳是由大溪鎮曾鎮長命名。昔日這條古道入口附近曾有打鐵鋪，供給入山開採樟腦的腦丁所需的鐵器。當時民間流傳「一斤樟腦，一斤血」的感嘆，透露出採集樟腦所付出的慘重代價。當時臺灣是全世界最重要的樟腦產地，出產的樟腦曾一度佔世界樟腦總產量的百分之七十至八十，是臺灣最早奪得世界第一的產業。但這世界第一的光環背後，隱含了多少的血和淚。

打鐵寮古道與大溪其他古道都是早年環繞著大溪老鎮的交通動脈，這也說明了在內陸河域的大港口時代，古道是如何扮演大溪發展的開路前鋒的角色。

但因緊鄰慈湖特區，打鐵寮古道的特色最鮮明，經稜線時的右側由鐵絲網圈圍，沿途陸續出現了幾支水泥樁，從模糊的石刻字跡約略辨識為賓館地界石樁，揣測應是慈湖管制區遺留痕跡，記載某段歷史的過程。歷史事件沒有絕對是非，因長期的軍事管制，古道人為破壞相對少，而得以保留完整的原始林相。沿途油桐花、相思樹、山杜鵑、桂竹林、芭蕉樹、姑婆芋、山鬃樹、蕨類等豐富林相和奇花野草，充滿了原始森林探險的樂趣和驚奇，行之不覺其累！

這條高度兩百二十六~三百五十四公尺、落差一百二十八公尺、越過草嶺山通往角板山一帶的古道，沿溪畔而築，就地取材，遇山鑿石築成石板階梯、遇溪則撿拾鵝卵石鋪成步道，濃濃的古道氛圍；途中經三座各具特色的古橋，古意盎然，平添懷古幽情。

入口不遠處即是第一座太平橋，原來是三孔拱橋，但只剩一原孔。橋頭的石柱及橋兩側的紅磚護欄，充滿古味，橋面已經整修，以石塊鋪地。第二座是濟安橋，小巧雅致的紅磚拱橋，距離太平橋僅數十公尺，難怪共用一碑。由磨滅的碑文仍依稀可辨視二橋建於日據時期大正十五年。在進入白石山前的稜線鞍部，仍矗立一些水泥樁，再往上蜿蜒不遠，便看見一間水泥建築物，原來是已撤防的廢棄崗哨，物換星移，已成山友中途休息區或避雨處了。

一路順著山勢起伏，由一段陡坡衝下來，視野驟然寬廣，又是一處讓人想擇石而坐、忘憂的幽靜處：堰塞湖畔，滯留許多奇形怪狀、東倒西歪的倒木或漂流木，最吸睛的是半面湖水上的睡蓮，靜靜地淌在山水裡，不競不速……

是啊！登山不在跟誰競速，而是為了在步行的過程中遇見自己、找回自己！

在此取左側叉路，幾經山坡迴轉至有名的東興橋，是三座橋裡保持最完整的一座糯米橋，在橋之前的路上方立有一九二六年（大正十五年）造橋紀念橢圓形碑，石碑上雋刻建造東興橋時善心人士捐款的芳名冊，字跡早已斑駁難辨，只有碑眉上的「白玉東興南賑」似有蛛絲馬跡可尋，據推測應係居住在新峰里東興橋南方一帶的人士所興建。我輩今日親臨古道，恐也難以體證先人建橋鑿路的篳路藍縷的千萬分之一吧！

果然是三橋之最！這東興橋。滿山翠綠環抱，石塊版堆積的兩孔橋墩與橋面，青苔覆罩、淺流清清潺潺，沒有譁眾取寵的雕飾，一股樸拙，一種獨特的調子，守在深山，守候經年，為了與知己相識！美好或許僅一剎那，攝人心魄已一見鍾情！我來，為了這一見鍾情的觸電，那彎彎曲曲、爬梯和滑坡的疲累，早已被撫平！

我能踏出宛如打鐵的錚錚丁丁的腳蹄聲，我能走進暮春裡的那樣綠水悠悠的古道，要感謝此次領隊「都都」。都都學弟行程說明清楚、沿途定點解說，精彩精準，顯見有備而來，水準超過坊間有照的導遊了！

原載二〇一九年十一月《更生日報副刊》

詩，走進櫻雪霏霏

去年既給了春天承諾，冷雨幾場，冬眠過後，遂向杉林溪遞出立春踏青佳音。一路上緋寒櫻始終沒忘，將燦爛留給有情的人，偶有幾株遲開的李花含羞微笑，純白的臉蛋躲進小綠葉叢，仍不忘熱情揮灑山裡的友善。

陽光彎入靜謐山坳裡，綠絨裡交織深淺不一粉紅，難得躲過紛擾人事，逃進了渴盼的清境源地，經緯起生命美好的篇章，誰還會管它昨日偶聞的誹長流短，管它股市沉浮！相映的花面猶如美人芬芳，成片櫻雪霏霏，彷如一瓣瓣飛揚的希望，沿著加走寮溪蜿蜒著錦繡繁花，啊！這就是人間三月春來臨前的驚蟄。

遠道而來的人群熙攘，笑靨也隨花飛上枝頭，化成豔麗的小精靈，繞過一彎彎清澈的涼水，椿寒櫻綿延如碧空裡雲一朵一朵的冒泡，美得讓人迷惑到忘了該如何向春天讚美！

殘留落羽松一身棕紅
快快，快讓我們搖身一變
以細緻愉悅的眼神

浮潛在大自然美不勝收裡

櫻花烘暖了一鍋春意暖味，「她」的傾訴終獲得眾山環抱，我生命中的千山萬水也悄悄泊進你多風雨的杉灣，甘願安睡於人群熙嚷中，讓歲月就此靜好吧！

椿寒櫻綻放最大的盛宴裡
加走寮溪也熟成三千的緣分
那粉燦奮不顧身投懷送抱
只為還願曾經的回眸
不枉栽種了懷抱一世的青春

伊，杉林溪，繁花錦簇，宛如小徑蜿蜒處掛的一幅油畫，春色濃卻柔，等待百年的一次相聚，留予一次驚顫的縈懷。人間多少顏色都遜色幾分吧！而伊只要將繽紛繫在圓心，只要不卑不亢，燦爛自然，任春來秋去，勇於在季節追趕與飄遠之間，向上攀升最純淨的美。

美麗是那樣可遇不可求，上山或營營於市廛都決定看見的緣分。遇見，原來會在轉念之間錯過的，分歧路上每次的選擇，都是機率和命運。杉林溪多條步道任選，每種選擇都有不同的風情，不長不短的穿林小徑總是那麼恬靜：

總會有幾句蜂蝶呢喃
泊成一葉葉恬淡
悄悄留下一道峽灣
偷偷藏一條線索
有情人終會發現
循思念香氛
咿呦咿呦——划向桃花心源
細讀柳杉林中的你
一股寂寞吹動窗簾
彷若河畔芳草綿延

藥花園的鬱金香又是另種花姿，像是殿堂裡的錦繡，華麗得像是低音部裡拉升的高音，善變是春天的魔法秀，粉紫白紅黃輪番登場，花團鑽進錦簇的人潮，在最深的喧嘩裡，踟躕了最濃的思念，就將思念綻放成五顏六色的花瓣。

一定有怎樣的姿勢
在人車喧囂的街道
看到節氣的光暉
在夕陽的告別裡
嗅出無限好
一定有怎樣的姿態
在松針落下的影子
寫下傲骨的原隸

碎彩鎏金混色成裊裊
滿山盛景涉光而來
靜待群山萬壑的回音
淡離思念的疆界
遠方就要馳騁

薄涼，輕襲，不問世事的霧，淡淡的瀰漫山頂的心時，我依稀聽見了拉威爾，從心深處慢慢抽出猶如小綠芽的願望，這也是我精選的年度字。

原載二〇二三年《杉林溪季刊》

散步在有情荒野

心荒廢了思考
心遺忘了感動
將愛埋在現實底下
心也成了荒蕪

然而大地並不曾遺失自己的舞台，一年四季因循時序盡情演出屬於自己該季的節目，乘著山嵐雨霧緩緩走出堅毅的生命軌跡。或許是人習慣疏忽了身邊自然微小的變化，以及麻木了不經意的感動，常要千里迢迢，耗費鉅資到各國賞花觀景，而忽略了近處數大耀眼的山花野草。

紫色藿香薊並不輸給薰衣草的紫魅醉美；仰著細白花朵的咸豐草，偌大的一片，彷若是舖展在綠毯上的小星星；淡紫裡舖上些微白粉的通泉草，是一隻隻小粉蝶正展翅採花蜜呢！四五月炸亮綠波的雪白油桐花；整片芒花宛若奔馳荒原裡的白鬣群馬；河床砂礫上的甜根子如期於秋涼之際，搖曳著悲壯的悽惻……偶爾，還可拿這些野花野草當零食或救荒食物呢！

還記得童年時有位阿美族的同學，教我如何剝取嫩芒花，蘸沾點醬油，就是新鮮天然的沙拉點心；火炭母草的莖，酸澀但多汁；蛇莓可愛紅艷的漿果，是童稚時最愛尋覓的野果。

說到童年，舒曼這首《兒時情景》裡最著名的「夢幻曲」，無啻於世間苦難、險惡紅塵中一道救贖曲，對我而言，每每通過接觸大自然這喚醒靈性的步驟，走進山水之間，舒曼的琴聲似乎從悠遠的樹梢，無遠弗屆包裹我的脆弱，心靈即如斯純粹、如斯靜謐，所有撩人亂人的情緒，最後都會被那大氣的山巒與移雲給化解了，霎時覺得種種情事盡付風塵，心胸隨之開闊。天地是如此寬厚地凝視我們渺小的生命，貪癡愛恨嗔歡，才要拔身卻又泥陷，若能有智慧懂得在自然林野中抽離出人的世故、傲慢與粗暴，荒野山林便是心靈的寄託。靜靜聆聽天籟，內心的創痛似乎也會因此輕輕地被撫平，一切人世有限皆化成天地間的無垠。

遼敻的天地涵泳出人間的有情，倘若人幸有此造化。

大自然雖常在人匆忙之中受忽略，但在我們需要獨處以求釋放愁悶或發洩勞騷時，最好的空間常是「驀然回首，卻在燈火闌珊處」的大自然——時時刻刻都在我們的身邊，即使我們常冷落了「她」，她仍會在我們失意時，不計前嫌地騰出一個供人沉澱俗慮的空間；就好像只要我們一回頭，只要我們想退一步，她便會張開雙手，隨時歡迎我們投入她的懷抱，任我們從中尋求慰藉。生命交迭，悲喜輪替，一切均在天地的注視中，荒野有情，天地無盡。

人世間的一切曲折轉合，在荒野的懷抱裡都將歸於平靜。

原載二〇二三年一月《金門日報副刊》

我們在「疫」起

打了安逸太久的盹，在covid-19病毒悄悄揭蓋，大家還當作一個遠方的謠言，作息一如往常，不消幾個月，病毒像打地鼠一樣竄流，隨著航海交通連結散播，世界各地尤其是大都市哀鴻遍野，每天確診與死亡人數驟增，從百人一遞一接到千人、萬人，封城、封境，終不可遏！

突然冒出的疫情一再延燒，三級防疫一發布，每個人頓時都隔離成孤島，同島一命的傳播鏈如此的緊密，有時疫情突然燒到隔鄰，神經緊繃、惶懼加劇。所有實體接觸全改成網路聲音文字交會，唯能深居簡出，也莫能奈何。

山林步道清零，生態卻意外盎然。

臺灣特有種保育類的臺灣長鬃山羊，是臺灣唯一的野生牛科動物，慣常棲息於中高海拔森林，以及裸露岩石崩塌處和險峻陡峭山區。體長約八十—一百一十四公分，披毛呈黑褐色，喉部與上頸處呈土黃色，冬天毛色較深且濃密；雌性與雄性的頭上皆有一對頂尖且向後彎曲之圓錐狀洞角，終生不脫落。警戒心強，防禦敏感，在憤怒、警戒或受傷時會發出咻咻聲。多喜單獨行動，晨昏是出沒高峰，領域感強，以身上的分泌液塗在經常活動的路線上界定地盤。發現外來干擾者會前腳用力跺地，頭部往前低，以九十度角往前攻擊，並發出警戒聲。以往臺灣長鬃山羊只曾在雪山圈谷、玉山北峰一帶現身，因疫情封山，首次在武陵農場桃山瀑布步道被拍到。

甚者發生在阿里山公路（台十八線）三十五點六公里處番路鄉觸口村路段的一起車禍，事主竟是一隻臺灣特有種長鬃山羊。這隻山羊是在觸口段跳下山壁被車撞傷，經警方將羊送交嘉義縣農業處安置醫療。經檢查後山羊無明顯外傷，但走路搖晃，疑有腦震盪，故須留查評估，再考慮野放。

除了阿里山，高度只有八百五十公尺的宜蘭聖母山莊廁所也成了長鬃山羊的避寒所。人沒了，動物多了，長鬃山羊天天出來散心，野豬肆無忌憚全家動員跑山。有趣的是因應防疫，封閉園區、山屋，上山人數銳減，黃鼠狼、黃喉貂、山羌、穿山甲這些原本害羞的野生動物紛紛現蹤，在步道、溪邊覓食活動，甚至駐足管理站咖啡廳門外，難道想外帶一杯拿鐵？

動物園方也發現，少了遊客干擾，夙性敏感的草食動物多半也放鬆戒心，踏出戶外場所玩耍、活動筋骨；大河馬愜意地坐在水池底、把臉貼在玻璃上，享受泡水沁意。

曾被網罟折翅、陷阱夾殺而遠避高山的野蟲鳥獸，會因「疫」而將山林還給牠們得以真正修復、喘息嗎？小澗旁的野薑花真正野放成片的純白清香，這榮景又可以維持多久？山巔谷豁，人跡韃伐，沒有被人類以己度心的山野註定漸成廢墟。當我們重新被釋放出「疫監」，會懂得在這片山林廢墟中拾荒嗎？有沒有可能因這段日子得以回歸內心，對自己的土地生起尊重的信仰、重構眾生平等的維度，醒覺浩劫暴力的嚴重性呢？

疫情似乎仍不肯罷休，新型病毒不時砰然撞進國門，偶得疫情降溫，快步山林，遠處一線青巒、一脈山影，隱然有遁世情懷，卻也難免觸動惴惴憂心，遠方近處同樣都是生機無限、危機潛伏……唯能持心香一束，祝禱眾生俱安。

原載二〇二二年十二月《更生日報副刊》

愛在一七〇〇吶喊

注視一道道從基那吉山射過來的金黃色曙光，新光國小操場後方那片茂黑柳杉和巒大杉（香杉）林間，流沙似的光芒傾瀉閃爍，頃刻間，無數個小精靈揮動金色薄翅穿梭、飛舞。

基那吉山是險峰一座，標高二七五七米，山形如錐，爬升再少也有一千公尺，屬雪山山脈的心臟地帶，也是大霸尖山北稜上的重要山頭，聽說自山頂可遠眺大霸群峰，落雪期尚可見山頂如亮白的冠帽，鑲在翠綠箭竹草坡上。

這次我們落腳的鎮西堡就位於基那吉山北走脊嶺東側山腹，海拔一千七百公尺左右，位於新光部落南方兩公里處，相傳為泰雅族著名的sehu-buta於四百多年前所建。目前部落約有兩百人，計有二十餘戶。下榻的民宿是由泰雅藝術家撒布洛、瑟令設計。泰雅族傳統住竹屋，外皮幾乎全都用竹子處理，將老宅用鮮竹包覆並設計成人臉模樣，正面以竹子拼出圖騰，另一面是泰雅族的黥面造型，饒富特色和趣味。另外與泰雅生活緊密結合的黑熊、飛鼠、山豬、水鹿趕麻雀用的竹鈴、壁上的竹燈，泰雅英雄莫那魯道的畫像、大霸尖山（泰雅聖山）等，都成為民宿牆面繪製的圖騰。民宿的主人「美珍媽媽」，總是帶著笑容，親切的打理客人的食宿，晚餐過後在屋旁的空地生起一堆熊熊營火，主持一場簡單的晚會，並為旅客介紹泰雅族的生活、習俗，創作歌謠演唱以及帶領大家唱歌跳舞，節目尾聲即準備了一大盆蒸好的山地小米，搬出家裡的一個泰雅大杵臼，示範並教大家如何搗山地小米「麻糬」。昨晚最高潮便在搗麻糬歡樂聲中漸次落幕。

此刻我靜坐杉下，安享晨間山色靈氣，往事紛呈的悲歡相繼退後，一份恬靜汩汩湧出……cinsbu，就是cinsbu。我似乎稍可與昨日午後「美珍媽媽」導覽提到的泰雅族著名的大頭目波塔（buta-krahu）之子sehu-buta心靈相犀了，體悟到當初他發出「東徙步」（cinsbu）這個泰雅語意為「清晨的時候，太陽第一個照到的地方，終年日照充足，土壤肥美之意」的音了。

儼然，一座充滿樹香的寂寞的雪村，墜入我光影清晰的心。

山中的行囊新裝澄黃色的幸福感，從收集天亮的第一道曙光啟開，逐步帶領我們到了另一個神奇的時空故事。神奇的檜木林在新竹尖石鄉鎮西堡後山，以前是原住民的獵徑，目前由部落中的發展協會定期維護，周邊有二十餘棵紅檜及扁柏巨木群，估計森林中至少存在著超過兩百棵紅檜、扁柏巨木，當中有五分之一，都足以躋身林務局所宣稱的臺灣十大神木之列。然而，早年自林務局禁止泰雅族人進入其傳統領域開墾土地，彼此的衝突即糾葛不斷。一九八六年五峰鄉的林木砍伐殆盡，林務局便著手秀巒村森林的伐木，沒料到前進到新光部落時，便遭到鎮西堡與新光兩部落居民激烈抗爭而被迫中止。原住民漸漸覺察傳統意識和部落財產維護的迫切性，體認對土地的權利應該優先於國家的主張，發動訴求和護林運動多年，終於讓鎮西堡鄰近的檜木林得以保存，我們也才有親近這片原始檜木林的幸運。

珍奇檜木帶來的利益，總是引來各式各樣的覬覦。

二〇一四年一棵兩千多歲的神木，根部被山老鼠挖出一個五十公分立方的大洞，這個大洞宛如鎮西堡部落耆老尤敏被挖痛的心。尤敏是第一位發現這片巨木森林的人，他真沒想到，十多年前他單純憑藉熱情和願景，在保存森林和經濟效益之間，開展了部落生態旅遊，帶頭修築的神山步道，竟成了盜伐人的便利之路。族人再次啟動自力救濟，通過部落會議的決議，在主要林道上設柵門，夜間封山、巡山以截阻猖狂的山老鼠。

號召族人重視自己祖先土地和姓名血脈的，一定得提這位至今仍為部落人感戴稱頌的阿隆·優帕司牧師，他是一九五六年十月一日部落核心教堂設立時的第一任牧師。

我站在這座獨具特色的泰雅爾中會教堂前，聆聽美珍媽媽為「她」的代言：「這是族人胼手胝足了十二年的經典傑作！我們把從秀巒附近撿來大大小小的溪石，一塊塊親手黏上水泥漿砌成的，外牆那斑駁的馬賽克拼貼，是來自花蓮一幢廢棄的房屋。別人的廢材變成我們的建材，建造這獨一無二的高山教堂，是我們的驕傲！」教堂外的砌石圖和木拼圖彷如達文西畫暗藏密碼，泰雅神鳥希利克、耶穌抱小羊、射日英雄，貫穿古今中外的故事再現文化和信仰的媒介。除此，牆面上杵臼的圖案隱含傳說：「右邊是不喜歡做家事，離家出走而化身成老鷹的女孩；左邊是不好好工作，一直故意把小鋤頭劈壞，最後化身成猴子的男孩。」原來這兒時常出現的老鷹和猴子，扮演了教育和監督的作用，時時警惕族人要勤奮工作。除此，教堂上方刻畫了一輪火團，發散「信仰不滅、精神不滅、靈魂不滅」的光芒，映在一折一折的水泥階梯。旅人的步履恰在一千七百公尺與精神糧食相遇。

我居高臨瞰鎮西堡部落錯落的沖積扇，心緒正順溪往青蛙石天空步道下行，回到昨日上山經過的那羅溪、嘉樂溪匯流處，遠遠便見一塊氣魄堅毅的尖石岩，這是尖石鄉命名由來的名石，風雨經年累月為「他」量身訂做瘦身操，效果日見明顯。再往下是昨午嘗過的野薑花粽的內灣……善緣如溪流，源源相生，因著愛的守護，這座恬靜的桃花源，期待會是一份稀世的美麗。拉回現場，蓄著落腮鬍的部落老爹，伸高飽經風霜如茄苳樹皮的右手，指著對面：「只要翻過那座山，再過去就是我們的聖山——大霸尖山。」

參與了歷史祭奠的群山，始終掛著微笑。

想到孕育五十平方公里的原始林，巍峨聳立了四百歲到兩千歲不等的的神木，在陽光傾瀉下伸展綠葉，在雲霧中飽含生命之泉，任誰都會笑。由樹基奇特造型叫人意會的亞當、夏娃神木，一身披掛青苔的五福神木、國王神木、綠巨人神木等，經漫漫歲月長河，仍靜靜地豫駐此、守護此。

大自然餽贈了三萬公頃的傳統森林領域，部落居民知足只取六十公頃開墾，其中有機耕作估一半，住在這個離神木和上帝最近的部落，謹守著與森林共生的分寸，懂得以乾淨的土地和水源，回報涵養他們的森林。耆老尤敏說，「泰雅族的GAGA律法是很嚴謹的，生立木絕對不砍，建造房子、升火取暖只用風倒木，就地取材。我們的森林要用我們的GAGA去管理會比較適合。」

柴門陋巷有顏回，東籬菊前自有陶潛，鎮西堡的檜木亦有勇士。或許基於一種「欣於所遇，相遇難得」的觸動，一顆顆有機高麗菜奉上清脆腴美的鮮甜，誘喚年輕族人返鄉歸根。

當晚霞餘下一抹暉彩，基那吉山腳下漸次點亮人家燈火，升起裊裊翳空的炊煙，山風散逸著古早的燒柴暖香，日常的研磨此時正在熱灶上化為一道道酸甜苦辣，倒是人間繞指的滋味。我在左搖右晃的車上，回盼那煙火直至淒迷，很多事若少了堅持就會像煙散了，對土地多份凝視的念想，於焉而生，一份祝福隨之遞上，我多願以真誠題詠滿山滿谷的守候。

原載二〇二三年十月《上下游月刊》

跋　平溪，細水長流

聽過平溪嗎？平溪的清音總讓人嚮往起海洋的浩瀚，於是我便把自己想像成一條山居的涓流，跋山激石，盼望終有會晤大海的時日。於是我也成了一個擺盪者，在山與海之間流浪，以一種來自鄉野的悲涼、敏感及質樸的性格，在海藍的凝眸裡，形成了如右外野手那股孤獨浪漫的氣息，由於如此基調，逢遇因緣變異，我對人生遂抱持了一種「積極的悲觀主義」，如飛蛾撲火般有著原始的熱切、認真和悲壯情懷。

正如家鄉開闢的艱困，我成長的過程也崎嶇，若說人生應順流如河，那我的落腳處便常是圍堵淤塞的行潦。

啟蒙嫌晚的我，進小學前不僅不識字，連國語也聽不懂，入學第一天我聽不懂老師那濃濃鄉音，只好學鄰座同學的字依樣畫葫蘆，學別人排隊面交給老師批改，老師看到我的字、愣了一下，滴滴咕咕個幾句，然後翻到下一頁，用紅筆在每一行的第一格寫上「黃素華黃素華黃」，讓我回座繼續寫。這件有關姓名的笑話，後來成了我闖蕩江湖時自我介紹的開場白。直到了國小三年級我如夢乍醒，嗤地如沖天炮一躍及半天高，在那麼一個傍著「烏龍江」發展的小學校裡，我想像自己乃此國土中唯一的公主，出現時轟然一響，便千百人引頸爭看。然現實上，不過是個灰姑娘：撿柴、劈柴、洗衣、煮飯、照顧弟妹、餵豬雞鴨、澆菜施肥、縫補衣物、削竹片編籬笆等等不足為奇。家裡已貧窮至須賣女鬻粥，父母親不時的爭吵打罵讓家更傾斜。父親嗜賭如信仰，母親的騷愁怨恨似海嘯……我常常想逃開，不是帶著狗往山裡更深處闖，就是到山後沿著峭壁以茅築廬，擁著悲乎其涼的孤獨，這不無影響我日後傾向對弱者好打抱不平，以及對悲劇的易感易動。

負笈北市高中，為我的思想的一次大潰決。當時還不明白讀高中是為了升大學，而大學又是什麼樣的地方。老師說：「你們這幾個報考北聯。」我們就興高采烈地跟隨老師住進小旅社，一整晚，我還抱病和同學吱吱喳喳個不停。

上了高中，我必須摸黑走山路趕搭頭班車通勤，飽受黑暗中一切可能發生的驚懼，以百米賽跑的衝刺，衝過竹林、衝過茅草叢、跳過田埂、跨過溪石，跟蛇對視、與牛爭道，評估該如何爭取最佳空檔排除障礙，以求抵達車站或家門。那段繁華都市與窮鄉僻壤強烈撞擊的歲月，我彷若世事從未慣見般的叛逆與憤世嫉俗，不敢直說自己的家庭背景、拒絕和父母親說話。幸而老天爺垂憐，因學業成績突出，尤其是文史類的表現引起幾位老師的關注，在師長的引導下，接觸了西洋存在哲學及小說，我那「楚狂人」的心緒漸漸得到安頓、被理解。暫時忘卻現實的不堪，盡情埋首於艱澀的思潮裡，待我舉頭時，我才發現生命之必須嚴肅，必須勇於承擔。

高三下學期父親因礦災驟逝，老師和同學因外雙溪事件喪生，波瀾震駭，裂帛一聲聲，撕扯年少心，方知生命還有這樣驀然的永別！宿命下無能突破又妄想搖身一變富有的心態，在父親一代表現得非常明顯、強烈，我對父親更多的是憐惜與錐心，長期經受貧困之煎迫，沒有人不希冀一夕成富，《亂世佳人》裡郝思嘉不也是為脫離窮瘠而不擇手段，再嚴肅也必須承擔！

接下來大學聯考失利，把自己放逐到台南，古城寬闊坦蕩，陽光熱情，正可療我的傷痛和創痕，於是四年的大學便如度假般徜徉流逝，曾得了幾次校內文學獎外，惜無積極規劃生涯的智慧和大志，明知可能辜負了良師善友的期待，卻屢屢耽溺在多情的波瀾裡欲振乏力。

大學畢業後在臺北的一些出版社、雜誌社待過，也曾跟隨臺大工研中心的教授做過古蹟修護的野地文史調查撰稿。自遷居臺中以來便一直從事教職，第一年在私立中學擔任國文老師並一邊修小學教育學分，第二年參加臺中縣小學教師甄選，遂轉往小學服務至今。升格為職業婦女後，洒多煩雜，彷彿是一頭圍著時間石磨轉個不停的驢，筆紙藏在柴米油鹽裡竊笑已久，若非刻意擠出時間塗鴉，搔搔紙筆的癢，文字真的就要越家事的獄逃光了。因此偶在報社雜誌登出文章可稀如珍珠，偶爾興起參加比賽的意念，不消多少功夫就化為烏有，倖得臺中市兒童文學獎兒歌第一名、童話第二名、寓言第三名，臺中市大墩校園文學獎小說第一名，臺中市葫蘆墩文學獎新詩第一名和散文第二名，遂成了寥寥可數的戰績。

駒隙一瞬，迴思曩事，平溪清淺處，自有悲欣的時光，老來可喜：閱讀收留了我的孤僻和寂寞，寫作和繪畫是我載運精神糧食的太空梭；老來有盼：六十年歲月的「寒窗」細火慢燉一冊散文集，以文字去記憶夢裡家山淼河，以及承載「回顧所來徑」的荊棘、風霜雨露，褋集許許多多的悲歡離合，這讓我感悟到因緣底事似乎是透過上蒼和人性、人力的配合，並由意志力來決定的結局。如果因是才學氣質，那麼際遇背景便為果，我是因緣極淺的人，想修為正果還有好長的一條路要走呢！

最後，除了感謝老天和父母親賜給我文學這對心靈的翅膀，以及家人給我的支持外，讓我最感動的莫過於莫渝老師。我認識莫渝老師是他在擔任小鹿雜誌主編時，因兒童文學而有幾面之緣，我才敢忝為拙作開口請老師賜序。承蒙老師不棄，慨允願在百忙中幫忙，讓我欣喜若狂。因書中每篇大都是陸續發表在報章雜誌的短篇散文，倉促決定出書，來不及將文章整理成一個檔案，更加耗費老師的眼力、時間和心力，老師非但沒有怨言，還不時鼓勵我：「出書要趁早，畢竟這是我們作家的另種身分證。」遇到莫渝老師是我這一程人生的美好際遇。

原載二〇二三年八月《金門日報副刊》

國家圖書館出版品預行編目

希望芭樂園 / 黃素華著. -- 臺北市 : 致出版,
2023.11
面； 公分
ISBN 978-986-5573-68-3(平裝)

863.55 112018369

希望芭樂園

作　　者／黃素華
封面繪圖／黃素華
出版策劃／致出版
製作銷售／秀威資訊科技股份有限公司
114 台北市內湖區瑞光路76巷69號2樓
電話：+886-2-2796-3638
傳真：+886-2-2796-1377
網路訂購／秀威書店：https://store.showwe.tw
博客來網路書店：https://www.books.com.tw
三民網路書店：https://www.m.sanmin.com.tw
讀冊生活：https://www.taaze.tw

出版日期／2023年11月　　**定價**／390元

致 出 版　　**向出版者致敬**